U0908075

光荣日

【第一季】

THE GLORIOUS DAY

韩寒◎著

万卷出版公司

几点声明：

1. 本故事纯属虚构。如有雷同，算我抄你。

2. 极小部分内容并不适合18岁以下小朋友阅读，如有不懂，以后再看，请千万不要咨询老师或家长，以免本书被没收。

3. 这是第一季，但是我不能承诺什么时候给你们下一季。其实我也不知道总共有几季。万一跳票时间太长，你们可以骂我，但别催我。

光荣日・开篇

1. 三年以前，再以前。当时改革的春风吹满地，腐败分子撒一地。大麦在的是一个小地方，两省的交界，在管理上经常出问题。通常两个省的事，都不省事。小地方叫孔雀。

2. 到了毕业分配的时候，这些人主动放弃了分配，跟随大麦来到了孔雀镇。一共七个人。大家坐着慢火车，摇摇晃晃，穿过一座山，再穿过一座山，从土山穿成了石头山再变成土山，一千多公里路开了三天，开得大家直后悔没骑自行车去孔雀镇。

3. 这里就是我们准备支教的小学。他们这里有四个老师一个校长，因为这小学是这郊区唯一的小学，学生比较多。我们人虽然多，但不要多的钱，肯定没问题。

4. 在这个游戏项目里，所有的男生都很激奋，因为老师说了，不能结合的就要死掉。虽然是表演一场，但谁也不想这样默默无闻地死掉。体育课也这么上的话，学生的体质就大大增强了。

5. 大麦一直注视着从山上滚落的石头，遗憾以后闻到鲜美血腥的时候，再没有天籁的声音助兴。而绚丽的残杀还没有开始，唯一正常的人却已经不知生死。

麦大麦

“优秀优秀奶牛鉴别师”。

男人崇拜，女人爱慕的领袖级人物。

对自己鉴别人的本领深信不疑，并将此认定是一种本能。

当同学们弄明白，大麦是唯一一个活着的人时，又沸腾了。幸存者总是带有传奇色彩，死的越多越传奇。大麦身边死了十八个人，也就是说，十九个人站在面前，上帝说，十八层地狱每一层都要安排一个人，大麦是唯一没轮到的。这概率相当微小，十九分之一，除都除不尽。

哈蕾

被别人说成精神不正常的女歌手。

人长得好，歌唱得也好。

哈蕾说：我每天都这样对星星说话，让它们掉下来陪我说话，可是从来都没有东西掉下来过。

大麦问道：那你刚才没看见什么东西掉下来吗？

哈蕾说：我只看见一个虫子掉下来，被你拍死了。

大麦挠头再看了看天空，因为初看的时候没有点名，现在也不知道有没有星星缺席了。难道是自己被催眠了？

在王智的思维里，从来没有自己要做老大的情结。可能是小时候看《上海滩》只看了一半的缘故，他觉得，牛逼的人往往是老大的帮手。

王智

以傻和一根筋闻名，
看着懦弱，
其实是最勇猛的。

麦片

大麦的一个疯狂粉丝，从良妓女。

女人就是有种将一段一段生活隔断的本领，当女优的时候优，从良了以后良，总之什么时候都很优良。麦片似乎从来都不记得自己以前做过的事情。生活实在是最无辜的事物，它明明最公正，却被无数人用作自己做坏事的借口。一切都是生活所迫，而生活却从来没被抓住过。

娄梯

有着丰富的化学知识，

擅长研究枪支的性能和炸药的威力，

能够亲自组装。

这世界上肯定没人愿意干恐怖分子这行当了，完全不够恐怖，在闹市里造点火花，寒冷冬夜，谁以为你是恐怖分子啊，人家还当你圣诞老人呢。况且这药捻子引爆方式也太难看和被同行所鄙视了，为了自己足够逃生，要三米长的导线，这段时间里万一来个路人踩上一脚给弄熄了，这恐怖分子的脸往哪搁啊，总不能上去指责人家，喂，你走路不长眼啊，把我炸弹给踩灭了。

米旗靠着窗，看着依然开业的麻辣烫，口水都快流出，低头一看，正好一只脑袋，连忙咽了回去。仔细一看，正是秦艺。她正四十五度角看着天空。原来秦艺也是一个喜欢看窗外的忧郁之人。米旗觉得差点被她白天豪迈粗暴的性格所欺骗，原来在暗夜的掩护下，女孩子的细腻心思显露无疑。庆幸刚才的口水没流下去，要不然姑娘还以为他很记仇，一有高人一头的机会就要报复。

米旗

精算师。

七个人中最具有经济头脑的人物，

擅长一本万利的事情。

洪中

喜欢机械和汽车但从
来坐车就吐的机械专
业高材生。
精通发电机。

洪中把饭运来后对大麦说，自己被人盯上了，因为订的饭一下量太多，估计是被曾丽梅的人给注意了，估计用不了多久，就要有人来这里收管理费了。

我就是喜欢写诗，有诗意的文章才是好文章，我要的就是诗意。但归根结底，他就是写不了长的，写长了就不知道自己在写什么，写了前面的忘了后面的。和“欲练神功，必先自宫”一样，真是欲要诗意，必先失忆。

石山

喜欢写诗，手艺很好，
能做各种东西。
所以，他算是为数不多有用的诗人。

他从小都是左右不分，以万和平现在的阅历和理解能力，他终于明白了，原来右手边就是右，左手边就是左啊。

万和平

没有什么一技之长，
迷茫而混沌。

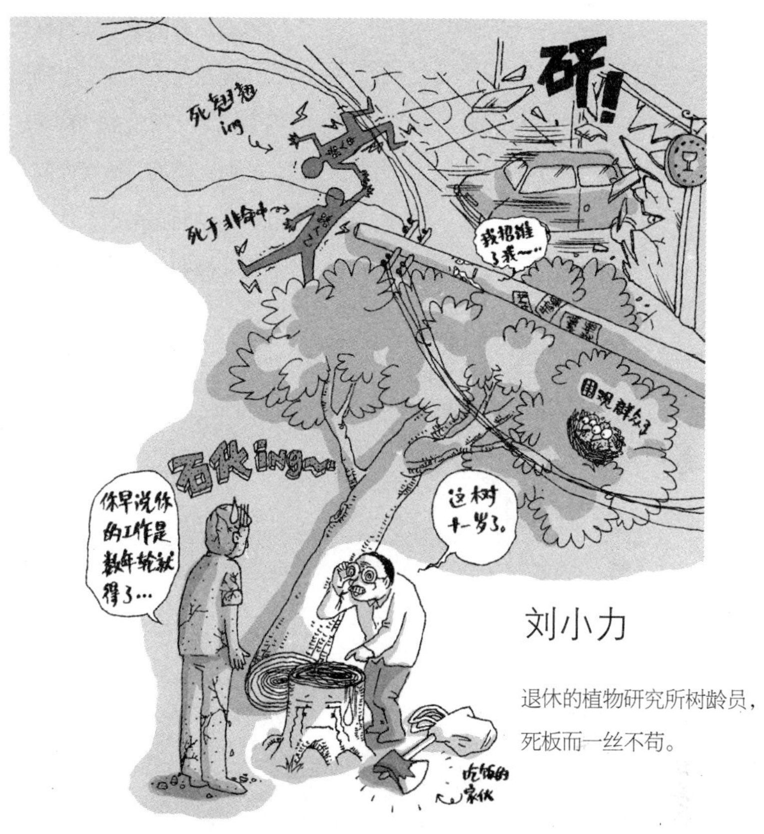

刘小力

退休的植物研究所树龄员，死板而一丝不苟。

万和平道：他在街上杀了俩人。我带他回来避一避。

大麦重新打量了一下老头，说：这么狠，用什么？

万和平道：树。

大麦满脑子搜索了一下，印象里没有这个武器。万和平说了一遍事情经过，大麦恍然，说：这是个人才。

万和平把老人引来，问：你叫什么名字？

老人道：我叫刘小力。

这是西方国家上体育课的模式，现在的体育课，老师已经不参加了，都是由动物来代替，比如在澳洲，体育课就是袋鼠上的，而在南极，体育课就是由北极熊上的……所以，所以，老师带来了这种先进的上课的方法。狗老师做什么动作，同学们要跟着做什么动作。做得好的，加十分。

体育老师狗

刘小力养了八年的一只两条腿的狗。

三年以前，再以前。当时改革的春风吹满地，腐败分子撒一地。大麦在的是一个小地方，两省的交界，在管理上经常出问题。通常两个省的事，都不省事。小地方叫孔雀。本来那里叫凤凰，但是隔三差五的，经常有背着巨大旅行包、操着鸟语的老外到镇政府值班办公室要求看一看沈从文的老家。

那时候那拨人还在上学，一次看见一个插着一面美国国旗的老外，大包上写了一个英文，是WALK，还有一句中文。到了中国，入乡随俗，老外觉得一定要有中文的翻译才显得亲切。但很明显，这个老外的第一站是北京，而且找的街头翻译也不是善类，因为包上的中文标着：去你的。

老外去过很多地方，因为他的衣服上写了不少字，有“天津欢迎你”，“你到河北了”和“打倒美帝国主义”，“你的毛真黄”。

老外到了值班办公室后说：听说凤凰很美，请你告诉我很美的地方在什么地方。

当然，这是英语。值班的方老头已经能说英语了，一方面来的老外很多，另外一方面，镇政府发文规定，为了迎接2008年的奥运会，必须每个人要会说英语。办公室一共那么几个人，大家都认识，结果都没练。但是为了执行政策，后来改成，每个人必须接受二十个课时以内的英语培训。为了不占用时间，大家都自发改成打麻将带着一个英语老师。英语老师打一张一条，然后说：LOOK，BIRD。

然后下家马上摊出两条和三条说：EAT。

他把一条收进来以后，斗了一个红中，说：CHINA。

但是包括英语老师在内的人都不知道发财怎么说，后来同桌的镇长说：我没学过，但是我经常看美国的片子，我觉得里面有个词，和这个“发”挺像的，就是FUCK。FUCK是什么意思？我看，就FUCK好了，刘秘书，你觉得呢？

大家一直说，镇长有语感。而且镇长打牌有个习惯，很喜欢留着发财，留着留着，很多局牌都等着发财就能和。大家到了局尾就故意打发财，镇长很开心，连声叫唤：好好，

FUCK好，我就欠FUCK。

鸟语流行了两个月，大家全部忘却，只有看门的方老头学得特别认真。原因是老头是新来的，谁都不认识。中国的政策：没有关系，只能贯彻。

方老头用英语告诉老外：见到你很高兴。这里不是凤凰，这里没有风景。

老外说：我见到你也很高兴。但你能告诉我，凤凰怎么走？

老头说：我很乐意回答你的问题。但是，凤凰在湖南。

老外说：谢谢你，我能不能麻烦你件事情。我要去里面上个厕所。

老头说：不行，里面是政府办公的地方。

老外非常疑惑，说：难道公务员都不上厕所？

老头说：不是，但是，这里的厕所，别人不能用。

老外说：为什么？我们州长的厕所，我们都能用。

老头说：那你去用你们州长的厕所。我们镇长的厕所不能用。

老外说：为什么？这是用纳税人的钱，造的厕所。

老头说：没错，我们纳税人都不能用，你连税都没有纳，更加不能用。

老外说：哦，我的上帝，我亲爱的老头子，我很需要厕所。

老头说：如果你需要，可以到旅游局去打一个报告，让王局长签字以后，你就可以进来了。

老外说：你这是在开玩笑。

老头说：或者你可以在外面尿尿，但是不要对着政府的方向。

老外说：我的上帝。我们刚才说着说着，我已经尿尿了。你知道，我的前列腺有问题。

老头一时不知道说什么，满脑子掠过的都是"见到你真高兴"。

然后老外从包里掏出一把手枪，说：美国人可以用俄国人的枪，为什么不能用中国人的厕所？

说完一枪把方老头子给崩了。

这是这里最轰动的一起大事件。所有的警车都出动了。因为镇政府旁边就是学校，所以墙头上爬满了学生。中国已经禁枪很多年，大家对枪已经失去了警惕。倒是警察，执法多年还没见过枪是什么样子的，都非常紧张。但大家电影都没少看，没有一个人躲在车门的前面。而一向冲在最前面向持刀的歹徒喊“你被包围了”的局长也不见踪影。倒是大家喊着：疏散人群，疏散人群。

然后听见老师在围墙下面喊着：谁不下来，扣当日品行分。

然后“嗖”一下，墙上就一个人都不见了。

所有的人都掉在了墙里面，唯独一个掉到了墙外面，便是六年级三班的麦大麦。

警察一阵紧张，都以为是被打下来的。有人大喊：美国佬打下来一个学生。

老外举着枪说：不是我开的枪。

局长一擦汗，质问：谁开的枪?

手下说：没枪声。

局长说：快给我望远镜。

手下给拿了一个。局长说：我离得太远，看不清楚，给我一个倍数大一点的。

手下说：局长，就这个了。

局长说：那快问冲在最前面的同志，歹徒手里拿的是什么枪，有没有装消声器。

手下说：根据报告，没有。那个掉下来的是个学生。本来计划要掉在院子里的，但是没掉好，掉到外面去了，人没事。

局长说：好。他的枪的射程是多远？

手下说：有效射程五百米。

局长说：我们离开他们多远？

手下说：大概八百米。

局长说：好，狙击呢？特警有没有调过来？

手下说：还有十分钟就到了。

大麦掉下来以后，马上躲到一棵树上面。从那棵树上，可以看见持枪的老外和对峙的警察。三分钟后，大麦看见英语老师在两个警察的护送下走出了校门。不一会，只听见英语老师熟悉的试喇叭的声音：喂，喂喂。

紧接着，英语老师颤抖着说了一句：见到你很高兴，请你不要冲动，放轻松。

大麦觉得这就是自己以前学的一个课文，没想到原来是用来说服歹徒的。

老外大喊：不要打我，我要和我的律师对话。

英语老师翻译给旁边的警察：别打俺，俺要和律师说话。

警察马上传话给地面指挥，说：歹徒说，别打俺，俺要跟律师事务所的律师说话。

地面指挥马上传话给局长的助手，说：歹徒说了，敢打俺，俺就跟律师事务所的律师说话。

助手立马报告局长，说：歹徒说，敢打俺，俺就打律师事务所的律师。

局长想了半天，说：击毙。

一声枪响，老外倒地。同时，大麦吓了一跳，从树上掉了下来。

局长问：击毙没有？

助手说：现在还在确定情况，说击毙了两个。

局长说：什么，只有一声枪响，怎么能击毙两个？快去现场。

很快，负责此次行动的远方指挥到了现场。老外前面围了一堆医务人员。按理说用普通狙击步枪就可以，但可能是出于人道主义的考虑，用美国枪把美国人送去西天，所以用了把美国的反器材狙击。因为口径太大，所以现场的老外都打散了。局长发话道：把人体的各个部位都捡起来啊。还有一个呢？

大麦被带到了局长跟前。带着的警察简单说了两次坠落的情况。

局长说：你看你，老是从高处掉下来，老是给社会带来麻烦。

转眼十年，大麦又从高处掉了下来。不同的是，这次掉下来还有人接着，接住以后还得再抛往高处，然后再掉下来。他成了这个镇上三个帮派之一的老大。

七年前，大麦从学校毕业。他所学习的专业具体是如何使奶牛能挤出更多的牛奶。很多次大麦遇见朋友，朋友都以为大麦只是把学术化的语言说形象了：不就学的市场经济嘛，羊毛出在羊的身上，牛奶挤自牛的奶上。但不幸的是，大麦学的的确是实打实的奶牛的养殖，兼修的是如果奶牛病了，除了把它吃了以外，还有什么办法。学习的学校在中国最北方的一所工业大学。在校四年里，最牛的一件事情就是绝大部分人没见到过一头牛，但是大家都毕业了。这让很多人猜疑他们是拿什么奶操练的。

大麦要做的最多的事情就是解释，他们学习的是科学化养殖，而不是挤奶。但事实总是越描越黑，在这个浮躁的年代，科学化养殖明显太啰嗦，几个月以后，大家还是只记住了挤奶。

大麦非常聪明，所以是专业的杰出代表。

在这所大学里，两个专业非常有名。一个是大麦在的被人称作“挤奶班”的科学化养殖专业。还有一个培训旅游服务业的，人称“二奶班”。从名字上看，似乎“挤奶班”要比“二奶班”牛逼很多。但事实上，挤走大奶，换来二奶。所以“二奶班”非常的红火，会聚着当地最错综复杂的黑白道的关系。那些所谓黑道白道，经常被那些表面纯洁的姑娘们搞成无间道。

在这个学校里非常有名的事情有“四一七事件”。为的是一个姑娘，两位号称有头有脸的人物纠结了大概三百多人，在学校里对峙。光是面包车就停了三十辆。

事情的缘由是，姑娘说：我认识两个老大，都是这里的黑社会老大。

别人不信，说：去你的，哪来的黑社会。

姑娘说：你不信，我挑拨挑拨他们，看他们带着自己的小弟过来你就知道了。

挑拨过程略。

就这样，这两个男的各自带了一百多人，在学校的食堂前决斗。当时楼上全部都是脑袋，一个拿望远镜的男的喊了一声：他们没带枪，带的都是棍子和刀。话音刚落，“轰”的一声，在原来的脑袋的基础上，又叠了两层脑袋。

就这样，气氛紧张了大概三分钟，突然间，其中一帮的一个兄弟走向了对方的阵营，人群一阵骚动。对方阵营也走出一个，楼上的脑袋们兴奋得连换气都忘了。那两人一见面就哭。大家小声议论道：我操，这是什么暗号?

断断续续里，大家终于听明白，这两人说的大意是：三狗子啊，你这一走说去城里打工，也不知道在哪个建筑工地，我现在也在工地上，咱们小时候玩的真是亲啊，裤子穿同一条，自行车骑同一辆，连女人都追同一个啊。转眼这么多年没见了，今天真是意外啊。

在两人抱头痛哭的时候，越来越多的人发现对面那拨人里有自己认识的朋友，后来就全改交流了。

原来这女的认识的这两个人都是做生意的，家里有老婆，但都没说，又不好交待自己怎么老是神神道道的，只好说自己是黑社会的，不能经常定期露面，也不方便去各种人比较多的场合，有什么事，宾馆床上谈，出什么事，我兄弟解决。结果事情被那女的弄到了非要展示自己兄弟的时候，这两人都没办法，不约而同直接去建筑工地拉的民工，如果不打架，光摆POSE，一百块钱一个人，打架价钱就加一倍。那会儿看着是紧张的对峙，其实大家都拼命看着对方人群里的人，觉得眼熟，正琢磨呢。

后来三百多人一起到旁边的食堂里吃饭，正好价格也合适，吃着吃着还进行了联谊活动，就差没点篝火了。饭间谈论的也都是工程问题，有的讲我们这里怎么偷工减料，有的讲我们那里如何草菅人命，食堂大妈都以为今天的食堂是建筑专业的学生包场。民工的饭量大，等学生来的时候，饭和菜全都没了，而学校附近的饭店听说边上有黑社会斗殴，都吓得关门走人。所以苦了学生，饿了一天。这个女的也因此备受指责，理由是她引起了这个学院的一场饥荒。

这个闹剧发生以后，使纯朴的学生更加不相信有黑社会的存在。大家觉得，只有香港电影里才有黑社会。并且纷纷发表意见，说香港人糊弄人，为什么老拍黑社会呢。我们有理由坚信，祖国，当然包括香港，是没有黑社会的，尽管香港不少拍黑社会的电影是黑社会投的钱。

最觉得难堪的是那个女生，她和那两个男的纷纷发火，大意是：你这个骗子，你根本不是黑社会的，你根本不是个坏人，你居然骗我说你是黑社会的，博得了我的好感。你现在叫我在学校怎么混啊。同学都说，你再上演一次五湖四海，咱们就饿死了。你这骗子，早知道你不是好人，没想到你连个坏人都不是。

半年后，这个女生被不明身份的人劫走轮奸。劫走是事实，轮奸是大家的想象，要不劫走干……什么呢。失踪两天后的中午，她被用完以后还被扒光衣服扔在学校食堂门前。一辆黑色奔驰和一辆白色面包车扬长而去，女生被一千多人围观了十几分钟，期间没有人敢上前解开绳子救她。大家觉得，按照香港电影的路子，这附近的楼里指不定有什么狙击手，谁上前一步谁倒霉。期间，110收到了五百多个报警，要求出警。这说明只要是免费的电话，老百姓都愿意拨打。

在警车来之前，大麦是唯一一个路过此地并毫不犹豫上前去解绳子的人。在他要解绳子的瞬间，警察到了，最后解开绳子这个事情自然交给了警察。绳子被解开后，披了些东西的女生照着大麦就是一耳光，说：流氓，你看够了没有！

群众哗然，纷纷庆幸感慨：这年头，见义勇为果然都没好下场。

大麦被抽晕了三秒，嘀咕着往回走，走了三步，摸了一下脸，转身回到老地方，以豹的速度熊的力量抽了那女生一下，连旁边的特警都没反应过来。

这种在警察眼皮底下发生的暴力事件是不能被允许的，大麦被一起带到了警察局。半个小时以后大麦就出来了，走在学校，阳光爱抚，掌声欢迎。

大麦就是这样在学校奠定了他的地位。这事情有太多的第一了，首先，他是第一个打女人的人，其次他是第一个在警察眼皮底下打人的人。那可是真正的眼皮底下，都快近到不能对焦了。

大麦因此得到男人的崇拜，女人的爱慕。要女人爱慕很容易，因为爱慕和虚荣本来就是女人最喜欢的两件事，但男人崇拜男人是挺难的一件事情。你看过动物世界吗，你知道雄性间竞争是多么激烈残酷，尤其是解说员温厚的一声——“雨季过去了，又到了交配的季节”之后，跟着的肯定是血腥的斗争，为的就是得到雌性的爱慕。

作为奶牛专业的高材生，大麦被学校的同学和老师一致推选为学院一年一个的“优秀奶牛鉴别师”。另外一个头衔是鉴定母猪的。这些都是义务帮助农民兄弟的。能得到这个荣誉的人不多，隔壁班的另外一位高材生就是因为鉴定猪特别准，所以经常受到学校表彰，还拿到一等奖学金，并被农民兄弟们授予了锦旗，旗上烫金的四个大字：慧眼识猪。

大麦基本上不懂奶牛，但鉴定“优秀奶牛”鉴别得特别准，甚至在毕业以后还被追授予“优秀优秀奶牛鉴别师”。

大麦说好的牛，肯定全是奶。大麦基本上不懂奶牛，他只能从颜色来分别奶牛和水牛，从照片角度，水牛是彩色的，而奶牛是黑白的。所以鉴定也是瞎鉴定，先摸摸蹄子，再跑一跑，旁人看着都觉得是鉴定种马。

大麦觉得，牛都是人带去的，他能鉴别人。

大麦对自己鉴别人的本领深信不疑，并将此认定是一种本能。他在自己所有认识的朋友中圈定了一批，觉得这些朋友都是好的，并且分发二十元一张的饭卡。为了不让朋友有被施舍感，大麦说负责食堂的是他朋友。大家都说：原来你食堂有人啊。

大麦有很多兄弟，大家看着一样的书和电影。大麦说：这好看。于是兄弟们纷纷传阅。兄弟和朋友有什么区别呢？

从电影上就可以看出端倪。《兄弟连》为什么不叫《朋友连》，因为兄弟就是送死的，朋友更多是送你死。在香港电影里，一般只要说出“真是我的好兄弟”这七字咒语，这人肯定活不过五分钟。

到了毕业分配的时候，这些人主动放弃了分配，跟随大麦来到了孔雀镇。一共七个人。大家坐着慢火车，摇摇晃晃，穿过一座山，再穿过一座山，从土山穿成了石头山再变成土山，一千多公里路开了三天，开得大家直后悔没骑自行车去孔雀镇。

慢火车喜欢停站。小站和小站间相隔三十公里，这老火车需要二十公里的距离把速度提升到比自行车快点，然后需要十公里来减速。每个站台都冷冷清清破旧不堪。暗绿色的火车更让人觉得时光这样慢，周围人这样慢，连赶火车人的奔跑都在空气阻力里变缓慢。最主要的是，在中国，暗绿色就代表慢，比如火车和中国邮政。

旅途上，大麦的兄弟，以傻和一根筋闻名的王智问道：

大家说，这火车这么慢，如果后面有列红颜色的快车要超车怎么办？

另一个兄弟万和平说道：

你以为火车和你一样，都一根筋上跑啊。当然分快慢车道啦，你看旁边，就是快车道。

大家纷纷看旁边，问：哪呢？

王智显得很开心。一般来说，问题越弱智，接受教育越高的人越回答不出来。当然，王智是情不自禁问出这样的问题的。

另一个兄弟娄梯回答道：你们太笨了，这火车当然有规划，比如咱们这班的这条线，算是车比较多的，慢车开了多久后，再发一班快车。数学懂吗？

万和平问道：那咱们的车是三天到达，一天一班，还有一天就能到的快车，咱因为票价贵没有买，那一天就到的车也是一天一班，那按道理咱们这一路已经有三列快车超过咱们了，怎么一个都没看见？

有人说：可能是超了，但咱们没发现，比如晚上超的。

万和平说：那怎么可能，这就一条铁路。

娄梯说：可能在我们看不见的边上有一条快车道。

万和平说：你以为这是高速公路啊。

大家都觉得，有必要问问列车员。

列车员的回答是：神经病，我怎么知道。

带着疑惑，火车到了一个新站。大麦说：这站真新，以前都没见过。

王智说：咱们的孔雀要到没？按这时间快到了。

大麦说：这火车没准。刹车都要刹几公里，这哪有个谱。

王智问：这什么站？

大麦说：新站，叫和平镇。

王智笑道：万和平，你的镇到了。

万和平说：你的镇才到了。

大麦说：快下车，我的镇到了。狗娘的又改名了。这树我认识。我还刻过字。就是这没错。

这时候火车已经移动。

大麦招呼说：下车下车，快下。

王智折回来说：门已经关了。

大家都还在收拾行李，万和平说：关键时刻，你跑得够快的。

大麦说：跳窗。不要背着行李跳，先把行李扔出去，再跳。

因为毕业行李太大，大家收拾折腾了将近一分钟，车还没开出站。

大麦说：扔。

大麦率先把自己的行李扔了出去。然后二十多包大行李都从窗口飞了出去。大麦说：和平你先跳，大家准备好跳。没事情，还没一米高。

和平从窗口探出，马上缩了回来。

大家问：怎么回事?

和平说：地势突变了。

大家探头一看，火车已经以每小时十公里的速度出站，但那站是半山上修建的，出了站落差回到了十多米。

万和平说：不能跳了，这就是跳楼了。

大家看着和平镇抽离出视线，惆怅万千。大麦说：没关系。这样正好，把行李都扔了，一切重新开始。别郁闷了，我们要想，这世上，此时此刻，肯定有比我们更郁闷的人。

此时，一老太走到大麦跟前，说：年轻人，我的行李被你们扔了。

大麦说：看，这就是更郁闷的人。

老太说：年轻人，我行李里有很多东西。

大麦问：是谁把老太的行李扔了？

没人发声。

大麦问：阿婆，你的行李放在什么地方？

老太说：顶上。

大麦说：顶上这个绿的，是不是你的？

老太说：我的也是绿的。但那个不是我的，我那个绿麻袋是用红绳扎的。

王智说：这我的行李。这不是绿的嘛这。

大麦问：你的行李怎么没扔？

王智说：我扔了。

大家道：那你扔的是谁的？

王智说：我的啊。

大麦说：你的不是在上面吗。打开看看，是不是你的。

王智把行李拿下来，打开一看，说：是我的，是我的。

老太直跺脚：你把我的给扔了。

王智说：哎呀，对不起了。

大麦说：阿婆你看是这样——阿婆你先别叫，扔都扔了，这样，你看我——你看着我，我把这行李给扔了，公平不公平。

说完，王智的行李被扔到窗外。

老太说：我这包里还藏了两千块钱。

万和平说：你怎么证明——

大麦拦住说：好，那就还给你。大家掏钱。我有六百。王智你掏两百，其余的每个人负责一百。

王智说：大哥，你别掏那么多，我自己有四百。

万和平说：这不行，人家说两千就两千，怎么证明是两千。包都扔了。

大麦说：所以只能人说两千就两千，那你别给了，我再多加一百。

万和平说：别别，我给。

老太还在旁边叨念说：这是我看病钱，这是我老伴看病钱。

大家凑的那些钱加上有经过此节车厢去餐车的人以为是募捐给的一些零的，加起来一共两千六百多。大麦说：好，给你，还带包里别的东西的钱。这下清了，你如果能找回包来，我们也不管。你从现在起就不要说话了。

老太说：我老伴——

大麦打断说：你不要说话了。

车厢里一片安静。大家都扭头看慢火车外的缓慢风景，顺便盘算自己行李里有什么值钱的东西。人虽可以不计成败，总是喜欢计算损失。

火车终于到了下一站。众人纷纷空身下车。大麦问道：大家现在一共还有多少钱?

经过统计，不足一千元。大麦说：这样，大家吃饱睡足了，我们往回走，因为火车比较慢，所以这一路上也不需要太多时间就可以回凤凰。也就是和平。大概天亮就可以走到了。这方向直接可以走到我们计划里要住的地方。反正也没行李了。

大家表示同意。

星月明亮。从火车站出来，一个转身，小小的繁华就不存在了。两个转身就已经到了国道上。这个小县城过场一样被抛在身后。这个时间，也只有从不洗头和脚的洗头洗脚的店还营业着。

王智问大麦道：你说，我们就这样靠走的，是不是太落后了?

万和平回答道：你坐了两天的车还不够啊。

王智看着星空，说：你说古人是不是就像我们一样，靠走。富裕点的还有个马。那多不靠谱啊，路上出点什么问题，就到不了了。

大麦说：我觉得挺靠谱。

王智说：你看，我们现在发个邮件多方便，古人还要靠信鸽。还不知道收到没。

大麦说：是啊，被一只鸽子放了鸽子是挺难受的。

走了大概几里地，大家实在走不动了。有人大声提议说：帐篷呢?

然后自己回答了自己——扔了。

大麦说：前面有亮灯。我们睡在那。

到了亮灯处，发现是一个汽车旅馆。底楼是修大卡车的，横在眼前的是一个硕大的集装箱专用的千斤顶，但还是怀疑不能撬动镇守在门口的老板娘。老板娘打量着这些人，说：几个?

大麦说：十个。

老板娘说：五十块钱一个。

大麦说：太贵。

老板娘说：已经是附近最便宜的了。而且绝对干净。你放心。

大麦说：只要能睡就行，干净不干净无所谓。

老板娘说：我们这都是干净的。

大麦说：有没有不干净但便宜的。我们十个人一起就可以了。

老板娘说：十个人一起上绝对不行，你还让不让我这的妹子活了？最多两个人上一个。不干净的怕以后你们看病都花不止五十。你快决定，决定完了我打电话拉人。十分钟就能到。快。

众人大惊，万和平嘀咕说：操，这……

大麦说：操什么操。

万和平吓道：不操不操。

大麦对老板娘说：不操——不是，我们今天暂时不需要姑娘，我们就要睡觉的地方。

老板娘说：那要八十块钱一晚。我们这生意好，你们占了床铺又不干事，要补贴点。

大麦说：不睡床也可以。

老板娘说：你给我十块钱。我们修卡车的地沟你可以去睡。也没风。

大麦掏出十块钱，道：好。到明天天亮。我们就睡在地沟里。

老板娘说：神经病，你去住。说完自顾自进了屋子。

大麦和众人在地沟里安身后，大麦说：明天天亮就走。

一人问：老大，我们就睡地沟吗？

大麦道：怎么，你不想睡水沟？外面睡一夜算什么。

王智问：那我们干脆睡外面，这地沟里还有机油。

大麦说：三人为众，十人为帮你懂不懂。这么多人半夜耗在外面等着抓进去啊。过了这晚就行了。这地沟，以后还用得着。

天刚亮，这些人就从地沟里起来，继续往前走。走了四公里搭到了早班的公共汽车。公共汽车载着他们行进了二十多公里，穿过一个隧道，到了一座山脚下。大麦招呼大家下车，继续步行。到了背向公路的一面，一个村庄兀然出现。这个村庄规模很小，房子很少，远看以为是山间的坟墓。村庄边上是很没有诗情画意的一条大河。河水一眼看着就很深。就是古代志异小说里每年要献出一个少女给河怪的意境。这里的山都不高。估计是趁着别人长高的间隙，自己每年山体滑坡一点。但奇怪的是，还有这样的一个村庄在山脚，丝毫不畏惧自然灾害。大好河山，一旦变故，不管是河是山，都得遭殃。不得不说，这姑娘献的还是有效果的。

大麦看见山，久久沉思。这源于大麦在学院里引起轰动的另外一件事。大麦小时候很喜欢旅游，后来发现交友杂志里的大部分人在填写自己爱好的时候都写了旅游来充数，于是大麦很不高兴，把他的爱好改成了探险。至于探险，他只去过一次，和一个在网络上认识的探险小组，目的是去山里找恐龙化石，这些人见过化石，也见过恐龙，但谁都不知道什么是恐龙化石。捡了两天食肉动物吃剩下来或者死剩下来的骨头，进了城都不敢拿去鉴定，最后喂了狗。但他们不服气，决定第二次去找恐龙骨头，并在互联网上搜索到了如何甄别恐龙骨头和狗骨头——就是恐龙骨头比较大。于是他们信心满满地去第二次。大麦就是在第二次的时候加入了这支“有经验”的小组。小组进山了以后连鱼骨头都没找到一根，但不甘心出山，再加上所有的探险小组都有随地驻扎情结，所以探险小组决定在山里驻扎一夜，背的帐篷死活都要用上。刚探险的人肯定都这么想，就像刚学会比喻的人行文时心势必要跳得像小鹿一样。这一队人在山里找了五个小时，只为找一片适合做营地的地方。初次探险的人把营地看得很重要，恨不能水草丰足牛羊满地。怀着这个目标，他们找了许久，发现只要有个平面可以支帐篷就已经不错了。有人建议索性再找一会儿顺便天就亮了。但那些背帐篷的人坚决不同意，背都背了一天了，如果还不得以施展，那就真的太背了。

终于，在手电筒的电池快要用完的时候，这些人找到了一片平地。这片平地还有大块平整的石头，非常适合宿营。大麦突然觉得这地方有点奇怪，还是不睡的好，但因为大麦刚入队，没有什么说话的权威，相比起这些已经见识过骨头，骨头有些轻飘飘的人来说，实在是欠缺经验。所以，大麦被安排在这个小石嶙峋的平面之上的一个缓坡上，负责第一批守夜。

入睡前，大麦看中的一个姑娘的男朋友对他说：你在这小坡上小心，有毒蛇。我们这里可没有血清，被毒蛇咬了就有生命危险。

说着众人很快入睡。

大麦惦记着有毒蛇，相当机警，不敢合眼，心里忐忑得，大有不看见毒蛇就不能安心之势。隐约间，他听见一种奇怪声音，由上到下，由远到近。大麦想，这会不会就是毒蛇。但转念想，别说是毒蛇，就算是恐龙也没这么大动静。

刚想着，一阵大水就从脚下流过。他的队友还没来得及醒，就伙同帐篷一起卷向下游。原来他们是睡在还没泻洪的河道里。大麦顿时从守夜变成了守灵，心情可想而知。

最恐怖的是，这些人被冲走以后，大水断了回去的路。大麦边呼喊他知道的人的名字边迂回赶路，经过了两个日出日落，还是在山里。后来大麦突然想起来，沿着这河道走，肯定会有所斩获。

苍天不负有心人，大麦终于斩获了。他的第一个斩获就是一具尸体，头部因为被巨大水流冲击到锐利的尖石上，已经削去，乃是最货真价实的“斩获”。大麦一阵眩晕，看见自己同伴的尸体，第一件事情就是想上去做人工呼吸，进行抢救，走近一看，连可供人工呼吸的地方都不存在了，大麦坐倒在地，久久不能站起。但他突然想起一句电影台词：为了这些死去的同志，我更要好好活着。于是，他决定把尸体埋葬了继续往前走。

可是，他低估了挖洞的艰辛。他没带工具，用手挖了两个小时，挖出来的规模远远不够埋葬级别，所以只好作罢。后来他又想，水木金火土，火化尸体，入土为安，木头棺材，金银陪葬，如此说来，水也算安息的一种载体，不妨把尸体再抛入河中，顺水而去。那就抛尸吧。刚想动手，想想作孽，本来就是被水害死的，还扔水里，这不是哪壶不开提哪壶嘛。算了算了，就原地待命吧。

大麦模仿电影里为死者祈祷了一番，学着电影里的动作。后来自己觉得不像，这祈祷怎么看都像乞讨。洋人这一套还是算了，他“扑通”跪地，磕了三个头。站起来的时候一阵头晕，摔倒在地，过了几秒，爬了起来，想是连日劳累，没有进食。越想越饿，连他三天前听见的最后一句人话——你在这小坡上小心，有毒蛇——回想起来都由最初的感伤惆怅转变成了对蛇肉的向往。忽然他扫见一个黑色物体，又斩获了一只背包，里面有些饼干，包装未破。也来不及想是磕头来的还是祈祷来的，拆了就吃。

这些食物支撑着他又走了一天。

与此同时，大麦的追悼会也在如火如荼地举行着。同学满怀泪水，强行让自己不去想这人的种种劣迹，只挂念着他的好，比如出门从来不忘记关灯、擦黑板擦得特别干净等，悼念这位热爱大自然的学子。在下游，已经有遇难者尸体被发现。马上成立的政府搜寻小组在山里搜寻了很久，一点斩获都没有——似乎所有的搜寻都是这样，幸存者总是能比搜救小组发现更多的东西。

大麦凭借求生的渴望，愣是把整座山都给走穿了。当他穿出最后一棵树木，走到平地上的时候，他第一件事情就是计算，三天没睡觉，一小时走三公里，一天走七十二公里，自己整整走了三百多公里。该出省了吧。

大麦找到了当地派出所，报了警。派出所很重视这名幸存者，马上送医院治疗，并且告诉大麦：你的同伴已经没有什么生存下来的希望了。现在就你一个人活着。只有你知道当时事情的经过。

大麦问：我这是在哪？当他弄明白他现在所在的地方其实离他们上山的地方只有不到一公里的时候，顿时很沮丧，敢情自己一直在山里画圈啊。这三天的艰难生存，他已经没有对同伴死亡的震撼了。

警车拉着警灯带着大麦回了学校。看见大麦还健在的脸庞，同学们沸腾了：原来这么多人不是淹死的，都是这小子一个人杀的啊。

当同学们弄明白，大麦是唯一一个活着的人时，又沸腾了。幸存者总是带有传奇色彩，死得越多越传奇。大麦身边死了十八个人，也就是说，十九个人站在面前，上帝说，十八层地狱每一层都要安排一个人，大麦是唯一没轮到的。这概率相当微小，十九分之一，除都除不尽。

但这次事故后，大麦有所改变，所有的瞬间念想，都会表达出来。因为他总想，如果那次他告诉大家他觉得这地方有点奇怪，其结果肯定——还是大家都睡在那不理会他，但好歹是说了。法院在强制执行前都得发个通知，可能上天就发了个通知，但大麦没有通知，这性质是不同的。

而且大麦变得有些固执，总是会对事物提出自己的想法。当然，预感也是想法的一部分。万一预感对了别人就说是很有想法，大不了没对就是有很多想法。本身也是，一个只猜了一次的人错了，那就是全错了，一个猜了一百次的人错了七十次，人们说不定会念想着他对的三十次。关键是，总的结局是什么。指挥打仗不也就是那么回事嘛。

兄弟们总是喜欢跟着能拍板的人。因为人总是不喜欢拍板。拍板砖倒是大家都喜欢。所有组织都是如此，一群拍板砖的跟着一个拍板的，大家才有的拍。

在这七个人里有个家伙名叫石山，他看见这座山就像看见了自己一样，跟着大麦一起发呆。石山喜欢写诗，但手艺很好，能做各种东西。所以，他算是为数不多有用的诗人。石山本来喜欢写小说，后来发现自己写不好，写个七百字文章就完了。可能做手工的人都有这毛病，喜欢赶活。后来只好写诗。大家劝他不要自暴自弃。

石山说：我就是喜欢写诗，有诗意的文章才是好文章，我要的就是诗意。

但归根结底，他就是写不了长的，写长了就不知道自己在写什么，写了前面的忘了后面的。和“欲练神功，必先自宫”一样，真是欲要诗意，必先失忆。

石山一路上没说话，但大家都非常害怕他说话，因为他寡言说明他在蓄势待发。他的整个生命历程和水坝一样。所以只要石山开口，大家都要很快把话岔开。石山喃喃道：这山——

万和平马上接话说：这山长的是三角形的。

大麦回神说：是啊。你看这镇子。

大家都扭头看别处，四下寻找镇子。

大麦说：就是个村子。你们凡事不能往大了看吗？这村子就是我们此行的目的地。

大家都小声嘀咕。

大麦说：这村子的拐角，往里走一里，是一个小学，往外五里地，就是和平凤凰镇。我们先住在这个村子里。这是第一步。

大家问：做什么？

大麦说：去小学支教。

大麦带着这些人步行进了村子。大家都难以迈步，看着大麦说：连走三天的人就是不一样。

大麦说：到了这个村子，先住到我以前一个阿婆家。他们家原来是这里最大的养猪户，有五个猪棚，养了三十几头猪，专门赶猪到镇上卖，算是原来最富有的一家，后来破产了。留下五间房子改造了。

王智问：为什么破产了？

大麦说：镇上流行吃牛排了。

王智问：为什么不养牛？

大麦说：养了，一年后又破产了。

王智问：为什么？

大麦说：疯牛病了，大家不吃牛排了。

王智问：为什么不养——

大麦接着说：因为禽流感，全扑灭了。

王智说：我不是说那鸡，是羊。

大麦说：就是鸡，别马后炮了你。

王智说：那你也不能先打一炮啊。

大麦接着说：有五个房间。我们先住下。我和这里的小学谈好，要支教。他们这里有四个老师一个校长，因为这小学是这郊区唯一的小学，学生比较多。我们人虽然多，但不要多的钱，肯定没问题。

王智问：那原来那五个老师呢？

大麦说：他们从一九六一年就开始当老师，一直到去年。

万和平说：那也不能全退休了啊。

大麦说：全老死了。

到了大麦说的阿婆家。阿婆家门口摆着一艘破落小船。大麦叮嘱说：进门别问这船的事，这是她原来丈夫的船，丈夫在江里打鱼，但很早就死了，连同小儿子和船一起沉到了江里，人没浮起来，但船浮起来了。所以阿婆把船摆在自己门口。阿婆因为受刺激神经有点不正常，所以不要再刺激人家。

石山摸着行将腐烂的船体说，这船的结构有问题。改天我打一艘。

大麦敲开房门，说：阿婆，我是麦大麦。

过了三分钟，房子里有了点动静。阿婆说：你的人带来啦。我都给你准备好了。

大麦说：来了来了。

阿婆打开房间门，说：我都给你烧好吃的了。你比说好的晚来了一天，我这就给你热。

大麦说：谢谢阿婆。大家进来吧。

阿婆说：吼吼吼，这些年轻人都好年轻啊。

大家都连声说是。

阿婆继续说：吼吼，来屋里吃。

阿婆引着大家进屋。屋子是木头结构的。紧连着后面的房子是砖瓦结构的。木头散发着陈年味道。房子里没有任何电器，唯一有金属光泽的是一块漆黑的亮板，四周镶着黑框，中间贴着一些发黄照片。最当中的是一个男人的海军照。

娄梯情不自禁上前几步，看了一眼，大叫一声。

声音吸引了所有人。大家都问：怎么回事？

娄梯声音直哆嗦：那……那是一只精液——液晶电视——

大家大为哗然。城里人有什么可显摆的啊，在这山村里，液晶电视是用来当相框的。

万和平问阿婆道：您这是买的？

阿婆说：这山据说要采石了，我和老伴的坟墓都要迁。于是去镇上买了个最好的坟地，抽奖抽中了一个。就搬回来挂在墙壁上了。

大家情不自禁又迈前一步，娄梯说道：设计还挺新颖，控制按钮都在屏幕上面，是NOS牌，从来没听说过。什么是NOS?

喜欢机械和汽车但从来坐车就吐的机械专业高材生洪中说道：NOS就是氮气加速，用于改装汽车的一种极端加速方式，通过氮气帮助燃烧，在瞬间产生更加强大的——

娄梯自言自语道：哦，是电视机挂反了，SONY，SONY，好，就他妈反日。

大家哑然，显然，这老太不知道这是电视。众人小声议论，大意就是这事太搞笑了。连这窗口的山风都是淳朴的民风。

大麦说：你们不要这样想。不要低估人，不要小看事。我觉得还是听阿婆说说吧。

阿婆说：我抽奖抽中这个原装的索尼当时第一批所谓等离子电视的替代品液晶电视以后，搬回了家，挂了起来，但我们这没有通电视。镇上说，要等省委来人的时候再给通上，到时候办一个电视覆盖山区的大型活动。本来我想装亚洲三号卫星电视，但前阵子国家下文件说私人不可以装卫星电视。我响应国家的号召，但这电视也没什么用，我想了想，索性做相框得了，打开以后还有个底色。我老伴看着也有点光。

大家目瞪口呆。

大麦问：不要低估人，不要小看事。让阿婆说说，为什么电视机是反着挂的。

阿婆说：我担心这地方通了电视以后，村里的人都来我屋里看电视，我不喜欢热闹，我的电视本来挂得就高，倒过来以后，电视的开关就超过了我们村上最高那个人的举高，他也没办法开，就算开了，图像也是反的。这样清净。

王智问道：那、那个SONY的Y怎么给你抹了？

阿婆神色顿时凄凉，道：这字母看着像我老伴的鱼叉，我心里难受。

所有人都听得嘴巴鼻孔一齐放大。

阿婆说：我不打算看电视，我不喜欢看电视。电视里说的都是假的。只是报的时间是真的。我连遥控器都扔了。

洪中说：索尼的遥控器很贵的啊。阿婆，看得出来你很喜欢清净，希望我们的到来没有打扰到你。

阿婆没接下半句的茬，继续说道：遥控器扔了。遥控器太麻烦。我让人改成了声控的。你们听——

阿婆喊了一句：阿全!

电视亮起一条线，然后是天蓝色。

阿婆说：这是第一种颜色。

阿婆又喊：白。

电视屏幕转成了白色，光芒直接刺透了海军照，把轮廓勾勒得像一张X光片。

阿婆说：这颜色不好。黄——

电视机屏幕转成黄色。

每张蜡黄的脸都觉得不虚此行。

阿婆平静地说：可以分得很细。你看，金——

屏幕的黄转成了金。

阿婆说：以后你们在我看电视的情况下，不能很快地说黄——昂昂昂昂昂昂——金——应应应应应这两个字，转一次颜色之间要隔开五秒，要不很容易烧坏机器。

在大家的脸转黄再转金的时间里，阿婆说：但是，据说，两个颜色是反的，那就是红——

屏幕上转成了绿色。

阿婆等了几秒，接着说：绿——

屏幕上变成了红色。

阿婆说：是不是反了。

大家都不敢问阿婆原因，觉得其中一定有深奥的玄机。一不小心，就闹笑话。不说还显得镇定。

阿婆叹气说：当时输入口令的时候我弄反了。我是红绿色盲。

大家松一口气，房间里血红的光芒下，大家的血往上涌，一点饿的意思都没有，太阳穴仿佛被击穿了一般发胀。甚至连最近老在研究宇宙间的黑洞吞噬一切物质但最后能不能把黑洞自己都吞了的洪中都有点难以接受。

阿婆说：吃饭吧。

大家默然到了桌子前。满眼的菜里没有任何肉类。

阿婆说：我吃素，大家以后可以吃肉，但我希望这一顿用素食来迎接你们。让你们的身体可以去除一些油腻。

大家心思明显还不能拉回肉身。大麦先站起来道谢：谢谢阿婆。我们平时也很喜欢吃蔬菜。我也很喜欢，阿婆也很费心思，这些嫩笋、野菜、萝卜、白菜、青椒——

众人感觉光线突然一白一青，然后“噼”一声长响，电视机屏幕就变花的了。

阿婆表情痛苦地看着相片说：看，差点烧坏。

大麦连声道歉。

阿婆说：都怪我事先没关机。还好还好，现在自己休眠了。我把它关了。

阿婆说：黑——

电视屏幕一黑。

室内的光线并不是很好，靠最上面的玻璃天窗采光。阿婆说，灯——

大家都伸长脖子等灯亮。

阿婆接着说：在这个年轻人坐的脑袋上面一点，你摸，有根线。

万和平抬头一看，有根深蓝色的拉线。

万和平哆嗦道：然后怎么办……

阿婆说：你一拉就行了。

灯光的颜色异常温暖。

吃完这顿饭，就到了睡觉的猪圈。男人似乎都很介意一个事物的前科。大麦说：大家不要介意，这里已经弄得很干净了，阿婆整理了很长时间。娶了妓女不代表自己是嫖客，睡了猪圈不代表自己是猪。睡。

大家看着自己睡的地方还是想起了一天前扔掉的行李，这太残忍，像杀了自己的亲人一般。不过老大说了罢就罢了。还好天气尚热，山间景物也是热情风景。大家在这里安顿下来，阿婆给大家讲自己老公以前打鱼多英勇的故事。大麦一个人去了县城。

经过很多年的发展，县城已经比原来大了很多。地方政府流行建新城，但老城也要保留，把包二奶的那一套运用到了城市建设上。和二奶一样，新城得到了大部分钱和宠爱，但都没什么好下场。和平凤凰是这个镇的新名字，原来叫凤凰没错，新城叫和平，因为附近最大的企业，和平胸罩公司就落户在新城区。为了给新城区拉拢人气，政府决定让汽车改道，新的汽车总站就在新城区。让老百姓和外来人员知道，要去真正的和平凤凰是要比进中南海还复杂的，要先到总站，转黑车到和平胸罩厂门口，那里虽然有公共汽车站，但那里的公共汽车又全是去新城区总站的，但是和平胸罩厂门口有拉客用的便宜摩托车，坐摩托到了新老交界处，黑摩托不敢进老城了，再步行一公里就可以见到另外一个公共汽车站，在那里等过五班去新城总站的公共汽车以后，运气好可以坐到一班去老城的，这样就成功了。政府坚信，把人骗到新城区，是发展的大计。在规划中，当然，也仅仅是在规划中，亚洲最大的超市，中国最大的菜市场，省城最大的娱乐城，在未来的五年里——这五年是距离单位，也就是五光年——将拔地而起。

“拔地而起”是相当正确的，先把农民地里的庄稼拔了，这就是拔地。至于能不能“而起”，就要先看被赶到经济适用房里的农民会不会因为这个而起义。如果安置得当或者恐吓得当，一切太平，招商办公室肯定会拔地而起。招商的人负责放卫星，这就是为什么以前很多新城叫卫星城。

和平凤凰的新城一片荒芜，所有的建筑只有火车站、汽车站和胸罩厂。可能当官的把胸罩当眼罩，蒙蔽了双眼，所以觉得这里一片繁华，下一步就是把各个学校搬来。路程远没关系，反正自己的儿子都有公车接送，而且新城车少，安全，偶然来个车，也把这儿的路当成高速公路，速度也快，直接撞死，不拖泥带水，不会留下一辈子的残疾，也不给社会造成负担，真是建设人才型和谐社会的好办法。

当然，政府必须是以身作则的。所以县政府首先搬了过来。原则和方针是一定要盖得比胸罩厂更大更豪华。五百米外就要有站岗的，要不然外地人第一次来肯定以为政府是胸罩厂。这次的政府修建更是让中国在世界面前抬起了头，地下的掩体是抗核弹级别的，当然，万一真打仗了，人家舍不舍得把核弹扔在这么一个卫星都很难找到的县城还有待商榷，但看问题的眼光一定要发展，在盖楼和安全设施上，一定要以白宫为标准。这样的一步到位，省却了以后不断的改进，是节约经费的最直接表现。这里就是白宫，主楼叫白楼，广场叫白场，人工湖叫白池，连宽带也得叫白带，总之，黑的都能说成白的。曾经有人提议，说光叫白不够气派，要叫大白，但遭到了反对。大白总是让人联想到真相大白于天下。当官的最不愿意的就是听到这话。

最牛的当属火车改道。要不是嫌火车太吵，当地政府恨不能火车直接从政府穿过，让老百姓见识见识和平凤凰的气派，你以为一片大漠里只能有海市蜃楼吗，错了，还能有我们的地方政府。

大麦在新城区兜了一圈，看了看气派的白楼，想：这就是计划里最后要得到的地方。然后去了老城。坐在黑摩托的后座，暖风迷乱，天空彻蓝，风和日丽，让人迷醉。唯一遗憾的是此时手里抱紧的居然是个男的。这倒算了，而且完事后还要收钱。真是扫了这天气带来的兴致。

到了老城，才有了生活的模样。人们钟摆一样生活，到停摆死翘的那天，心都在那个范围里运动。大麦想，自己拥有了这样巨大的一个计划，虽然还没有成功，但比起这些人已经幸福很多，毕竟心有余而力不足要好过力有余而心不足。这些都是小时候熟悉的景物。大麦自顾自走着，到了一个露天的投币卡拉OK机旁。这里围了很多人，每个人手里拿着硬币。大麦觉得好奇，想如今大家都这样喜欢唱歌？且露天？也挤了进去看个究竟。走到一半，传来一个女人的声音：现在我给大家唱《囚鸟》。

人群一阵欢呼。旁边两个民工打了起来。因为一个觉得《囚鸟》就是《我是一只小小小小鸟》的简称，而另外一个持反对意见，觉得《囚鸟》就是著名的呼呼呼的国产《爱情鸟》的别名，这两人就在大麦面前一言不合，打得衣衫破烂。大麦的视线里都是这两个人从东打到西。这时候女人开嗓唱了：

我是被你囚禁的鸟
得到的爱越来越少
看着你的爱在别人眼中燃烧
我却得不到一个拥抱
我像是一个你可有可无的影子
冷冷地看着你说谎的样子
这缭乱的城市
容不下我的痴
是什么让你这样迷恋这样的放肆

大麦听着觉得奇怪，真是非常好听。难怪这么多人拿着一块钱，原来是等着点唱。大麦问旁边的人：这个女人是不是老板请的歌手？

旁边的人没来得及吐瓜子壳，对大麦说：那是个神经病。大前天就开始在这里唱。疯了。唱得好听，长得好看，大家都来看。

大麦说：哦，这么好看。

瓜子说：过一会儿还有保留节目。

大麦说：脱多少？

瓜子说：我说你这人脑子里怎么想的，一点艺术的感觉都没有。一会儿她还要唱自己写的歌，《香瓜有毒》，好听。

说完终于“呸”一口把积蓄在嘴巴里的瓜子壳吐了出去。

先前打架的两人没等那女的开唱已经被抬走。

女人唱完一首歌继续说道：下面我唱这首歌。说完在机器上按下了几个代码。电视机上马上跳出歌曲的名字和蓄势待发的三点式卡拉OK女。

离电视最近的人把头凑近电视，大声念道：《文人何苦问难文人》，介个讲的啥，是文人相轻吗？

众人哄道：文人去相亲，谁要啊。

这时候机器旁边的女人说道：这首辛晓琪的《女人何苦为难女人》，送给在场的女人，希望不要撬别人的男人。

大家又是一片掌声，大麦想看看现场的女人是什么反应，发现原来现场一个女人都没有。

唱歌的女人唱得声泪俱下。吃瓜子的男人听得都忘了怎么吃瓜子，灵魂出了壳，瓜子就留在壳里一起吞。吃着吃着哭了起来，说：太感人了，神经病都唱得这么感人。

那女人继续唱歌，人越来越多，快赶上《同一支歌》了。大麦看得恍惚，继续往台前走。女人唱到一半，说：今天到这里结束了。GAME OVER.

按照古代作戏的路子，接下来就应该向看客要钱了。所以人们很自觉地一哄而散。剩下大麦，大麦对她说：你怎么在这里唱歌？

女人说：这里不是北京嘛。

大麦说：这里是东京。

女人说：胡说，我怎么没看见纪念碑？

大麦说：你说的是南京。

女人说：我在北京唱歌。我的公司说，我唱歌没人听的。你看，这么多人在听。

大麦说：哪里来的人，不是只有我一个。

女人说：这是拉阔演唱会，我已经办了十九场。正式的还没开始呢。

大麦说：你跟我走，我们那里有听众。

女人说：走。

大麦带着女人，走过两条街。走到大麦小时候掉下围墙的地方。那个围墙依然在，大麦走上前一看，发现自己十几年前踩的那个脚印子还在。就仿佛《英雄本色》里张国荣在围墙上留下的那摊旷日持久没人擦的血一样。卫生员们也太懒了。

大麦停下对女人说：你看，十多年前，在你看到的地方向后面二百米的窗口，现在拆了，反器材狙击就是从这里开枪的。你知道有你妈逼多大口径？比你妈逼的口径还大。

女人说：嗯。

大麦说：目标就散了。我就从墙上掉下来了。

女人说：你也从舞台上掉下来了？

大麦说：没，我从墙上掉下来了，但我从此爬上了舞台。

女人说：你们老板有没有让你走性感路线。

大麦说：我们不走性感路线，我们走果敢路线。

女人说：老板说，不走性感路线没有办法红的。

大麦说：所以，我们就黑了。

大麦爬上围墙，把脚印擦掉，说：你信不信我要让这个地方归我？

女人说：信。

大麦说：有没有人告诉你，你很漂亮?

女人说：没有。

大麦说：永远不会有的。

大麦拔了墙壁上的一根草，叼着说：你什么时候得的神经病?

女人玩弄着另外一根草，说：我没得神经病，我得的是精神病。

大麦说：有治吗?

女人说：没治。

大麦说：不是问你有没有治过，问你有治没治。

女人说：没治。

大麦说：没治？好。我就有个可以说话的人了。

大麦和这个女人爬上围墙。大麦说：你看我现在有多高?

女人说：比我高。

说着突然一帮混混骑着走私来的摩托车轰然而去。大麦说：你知不知道这些人？他们有没有听过你唱歌?

女人说：他们来听过我的演唱会，《在十七岁的初恋第一次约会》。

大麦说：这些人是这里说黑不黑说社会不社会的一个帮，三年前他们通过非法飙车，把另外一个帮的老大弄死了。然后他们的小弟都没有什么恩怨，就并在一起，现在他们一共有一百一十四人，老大叫曾丽梅。是个男的。他们家小时候想要姑娘。他爹在他生前就死了，死前留下的遗言就是这个孩子的名字。结果是个男的。

女人说：我叫哈蕾。

大麦说：名字有什么意思呢。名字叫得好听有什么用，厉害的人，别人从来不敢直叫他的名字。

女人说：厉害。老板也要让我改名字，说我的名字不能在演艺圈发展。因为我和扫把星一个名字。

大麦说：你们老板放屁。哈雷还有摩托车呢。

女人说：公司老板说，要给我取个艺名。

大麦说：后来你叫什么？

女人说：老板说，为了上海为主的华东市场，我的艺名是阿拉蕾。

大麦说：哈蕾，你看，刚才过去的六个人，骑的是250CC两冲程。这个车的火花塞特别容易坏。

女人说：我喜欢火花，来吧伴我飞，多久都不会累。

哦，对不起，那是《花火》。

大麦说：你信不信我十五天里把这个小帮帮铲除了。

女人说：我相信。这就是旅行的意义。

大麦说：不是，这是旅行的秘密。

大麦从墙上跳下。天色一片大好，周围的颜色和温度舒服得让人想裸奔。大麦说：我带你回去，我们需要一辆摩托车。你在这里等着。坐在我刚才擦掉的脚印上，要不然就没人听你唱歌了。

大麦走过一条弄堂，一拐角，到了林家摩托车铺。大麦对老板说：老板，我就是大麦。

老板说：你每个月给我汇二百，汇了三年，本来不够的。

大麦说：我知道，但浙江金华的厂子降价了。

老板说：我还没跟你说完。这一降，现在就够了。

大麦说：四轮驱动的。

老板说：四轮驱动。我才赚了你一百。

大麦说：这是合理利润。

老板说：这里都看不见沙滩，你要沙滩车做什么？

大麦说：这里都看得见月球，你怎么没卖月球车？

老板说：给你，现在给你，油也满了，小武，把ATV仿KAWASAKI700 4乘4底盘编号088F43T推过来。

小武一脸茫然道：老板，什么？

老板说：妈的你怎么这么不专业啊。就是大脚沙滩车。

小武把车费力地推了出来。大麦趴到车下一看，说，嗯，是四驱。谢谢。不要对别人说起。

大麦开着沙滩车到墙下的时候，墙已经成为了名副其实的围墙，大概五十个人围着哈蕾。哈蕾正开唱。哈蕾看见大麦开着个怪物过来，很开心，马上站在围墙上向大家鞠躬表示结束。大家也很诧异，歌手就是不一样，这么快就有人包了，还开着个拖拉机的机头。

哈蕾问：这个车好拉风啊。

大麦说：是啊，风阻系数大，都被风拉住了。

哈蕾问：我们去什么地方？

大麦说：下乡。

从城里开到山脚下需要半个多小时。哈蕾唱着“风儿你在轻轻地吹，吹得那满园的花儿醉，风儿你在轻轻地吹，莫要吹落了我的红蔷薇”。

大麦一言不发。

哈蕾边唱边大声哭泣。大麦的心完全没有任何波动。大麦一直认为如果看见女人哭，心电图还要产生变化，那真是废物。大麦只是觉得，哈蕾真是一块唱歌的料，因为纵然她哭成那样，唱歌都还没有走调。

大麦开到了山脚下。所有的人翘首盼望。但大家都很诧异，大麦不光带来了他们从来没见过的交通工具，还带来了一个女人。

万和平问：麦，这女的是——

大麦说：你就把她当成唱片机来用就行了。

万和平说：我能把她当成充气娃娃用吗？

大麦说：去你的，这不是柴，这是果，你懂吗？

万和平马上退后一步，抚摩着沙滩车说：好好，老大的女人。

大麦说：这里在四天以后就没有电力供应了，我们要在四天以内发电。但我们不能用这个车的引擎和发电机，因为这台车还要用。它是四轮驱动的，我们需要让它的四个轮子带动发电机工作。这样可以有更多的电力。

万和平问道：要更多的电做什么？

大麦说：做晚饭。

大麦继而转头问洪中：你能不能让这东西发电？

洪中说：需要一个星期。

大麦说：我给你两千，你不是喜欢车嘛，这台沙滩车你可以开去采购，650CC的。怎么样？

洪中说：四天。

大麦对哈蕾说：你愿意不愿意唱歌给我们听？

哈蕾说：我愿意。

大麦说：好，我——

哈蕾似乎没有听大麦说话，唱了起来："为你，我愿意为你，被放逐天际，就算多一秒，停留在你怀里，失去世界也不可惜……"

过程里，万和平要打断。大麦一挥手，等哈蕾唱完，大麦说：以后对哈蕾说话，要等她唱完，大家明白了没有？

然后大麦转身轻轻对哈蕾说：哈蕾，你以后唱歌，唱到副歌，重复一次就可以了，然后休息一下。

哈蕾说：唱到副歌就行了吗？

大麦说：对。

哈蕾问：那有些歌一上来就是高潮副歌部分，怎么办？

大麦说：那你就倒着唱。

哈蕾问：我睡哪里？

大麦向前走三步，环顾四周。继而对石山说：你手工多好？

石山说：你见过的。

大麦说：帮我为她打一个笼子。别人从外面打不开这个笼子，但她在里面能随时打开的。但不用钥匙。两米。

石山说：大麦，这很难。如果外面的人打不开，里面的人能打开，那外面的人只要把手伸进去，就可以打开了。

大麦说：我知道很难，所以才让你做。光做一个笼子，我都能做。你自己想办法。一天，行不行？

大麦接着说：不能太重，不能用铁和钢的。

石山说：要用铝的。

大麦说：可以。

石山说：那需要氩弧焊。

大麦说：直走，江边，左转，六百步，有个修船的地方。那里有。

石山说：一天。

大麦笑笑，对哈蕾说：这些都是我的兄弟，不要怕，以后你就睡在笼子里，唱歌也在笼子里，笼子里是最安全的。

哈蕾说：聋子唱歌是会走调的。

大麦说：你能随时出来，我们都进不去。其实我们都在一个大笼子里，你在笼子外。你明白了没？

哈蕾说：明白了。

大麦说：我就喜欢你永远明白，虽然你不明白。我们现在去吃饭。走，大家去吃饭。阿婆只为我们做一次饭。以后，饭要我们自己解决。

哈蕾说：我会做饭。

大麦说：太巧了，我会吃饭。

一行人，往山脚下走。王智问：大麦，为什么四天以后这里要停电？

大麦说：要停两次，四天后一次，停一天，两个星期后一次，永远停。

王智问：为什么永远停？

大麦说：等永远停的时候你不就知道了。我们要五十人用的电。

这时候，娄梯走上前来，说：还缺东西，和钱，才能做出来。要不然，当量不够，杀伤力也不够。

大麦说：关键是，穿透力怎么样，能不能引爆？

娄梯说：不行。不能到引爆的程度。油罐的厚度要超过汽车的扳金。而且原料太难找，你给我的电话，他们给不齐东西。

大麦说：那我说的第二个办法呢？

娄梯说：需要时间改。要很精密。我们没有办法做出瞄镜。如果要消音，初速度恐怕要损失一成，如果到不了六百五十米的初速，就穿不过钢板。还不能确定引爆。你要的子弹不一定可以搞到，在第一次世界大战的时候就禁用了。

大麦问：电话里的人怎么说？

娄梯说：挺贵的。

大麦说：你自己能不能做一支？

娄梯说：恐怕不能。

大麦说：又不让你杀人，目标那么大，那么大，两头大象那么大。

娄梯说：炸弹好做，枪不好做啊。

大麦说：我知道不好做，你要么选好做的做，要么选不好做的做，要不然，你就有两个选择，第一个就是被大家骂傻逼，第二个就是被大家骂傻逼，你自己想，你究竟是想要被大家骂傻逼呢，还是想要被大家骂傻逼。

娄梯说：别，只要不造核弹，这点东西还是可以的。

大麦说：那就造吧。

娄梯说：大哥，需要钱。

大麦问：需要多少钱?

娄梯说：至少两万。

大麦说：我这里还剩下一千多。但我们有人。

大麦把钱给米旗，说：米旗，这里有一千，三天后我要看见两万。要现金。要合法。要不引人注意。你一定可以的。

米旗说：可以，我已经想好了。你逛街的时候我也在逛街。

大麦说：那就齐了。大家吃饭。哈蕾唱歌。

米旗拿到这一千后，第一笔花费是三十块钱买了一包中华。这里没有任何玄机，只是米旗从小喜欢抽烟。当然，米旗也认为这是佣金。用一千去赚钱，在社会主义国家已经算是有成本了，因为周围都是空手套白狼的。米旗揣着钱上了路。

这个地方的气候舒服得让人想一梦三四年，但米旗不能怠慢，万一这钱梦里花掉知多少，回去不好交代。在日常模式下，大麦是个好相处的人，在非常模式下，大麦也是一个好相处的人，这更让人心里无底。

米旗钻到了这个县城的老火车站地址，一个以“明月城”大型娱乐场为中心的地方。那里无数的色情洗头店稀稀拉拉地开着，围绕着火车站一圈，让人生疑坐火车的下来有那么着急吗。但是火车站搬迁了，洗头店的租金还没交到期，所以不能跟着一起搬。虽然生意黯淡，但也不至于日月无光。以前有人检查，所以大家暗中做生意，现在铁老大搬走了，这地方彻底没人管理了，就开始明着干，在店上就直接写着“飞机20一炮50双飞80”。知道的看一眼就知道，不知道的把那些当成旅行社的广告也没办法。按照广告学，那些不明白的也不是目标客户，所以无所谓。后来就直接发展到上街拉客，如果不幸开车路过此地，小姐真是朝你的车窗扑来，每一个都摆出向我开炮的姿态。后来县城的人管这里叫“明日城”，但是，始终这里的生意没有“明日复明日，明日何其多”，所有的小姐都对火车站的搬迁心有抱怨，看见火车头两眼冒光，在她们眼里，那一节一节的哪里是火车，明明是生殖器。

米旗找到了一个盗版碟的批发市场，找到那里的老板，说：我要三十张松岛枫的片子和三十张卡通毛片。

老板有点为难，说：这卡通我们这里的人看得少啊，我们这里的人都喜欢看欧美。这松鼠啥也没人问过啊，咱们这只记得身子是啥样子的，黑的毛的还是金的，大的小的还是弯的，从来不记这演职人员的名字啊。

米旗说：老板，我这新开张的店啊，我这也是台湾客户订的，你这多少钱批一张？

老板说：两块七，软包装。

米旗说：我给你五块一张，给我硬的包装，台湾人喜欢硬的。

老板说：这，老板你这么大方，我一定想办法。

米旗说：我这台湾客户正等着呢，就要赶飞机走，我这片子不给他，他怎么在飞机上过日子啊。这坐飞机的就不让打飞机了？

老板说：我这就帮你问。

于是老板拿起手机问：那个啥，我要三十张动画片，动画片，什么，紧张？谁紧张？哦，《黑猫警长》啊，不是那路子的，我管你要还要啥儿童片啊，当然黄的了，哦，你说的是《黑毛茎涨》啊，是个有名的动画片啊，好好，给我不一样的，三十张。

米旗问：有没有马赛克啊？

老板接着向电话吆喝：有没有马赛克啊？

老板听着电话嗯了几秒，转告米旗说：有马赛克。

米旗说：有马赛克那还叫毛片啊？《动物世界》都比你那个精彩。

老板有点昏了，茫然问道：有没有《动物世界》啊？

电话里骂道：《动物世界》没有，赵详不自己还演嘛，你看什么《动物世界》。

老板两头摆不平，直冒汗，彻底晕菜，捂着听筒问米旗：老板，那里说，有一个叫赵详的演员演的一个叫《动画世界》的毛片，要不要？

米旗说：带不带马赛克？

老板问电话：带不带马赛克？

电话里说：不是刚才跟你说了嘛，带马赛克。他要看《动物世界》让他看去。

老板说：只有一个叫《动画世界》的不带马赛克。

米旗追问道：那别的呢？

老板问：别的怎么样？

电话里说：动画片是日本的，日本的都带马赛克，欧美的不带马赛克。而且直接，豪爽，路见不平一声吼，说干咱就干，日本的腻歪，一摸摸半个钟头，裤子刚扒下来，操，马赛克比裤子还大。

老板转告说：欧美的好，一摸摸半个钟头，裤子刚扒下来，靠，比裤子还大。

米旗说：那我问问我那个台湾客户，要不要欧美的。

说完，米旗掏出手机，拨通电话，刚说了一个喂字，手机里传来响亮的无电关机音乐。这也是这手机变态的地方，你临死不叫那两声，说不定还能再撑一会儿。

米旗无奈地对老板说：老板，借你电话用一下，我没电了。

米旗拨通电话，问：老板，这里只有欧美的，要不要？

米旗对电话哦了两声，挂断后对批发处老板说：老板，我朋友说，他女人就是跟洋人跑的，所以不要了。谢谢。

老板叹气说：那算了，我帮你再问问松鼠。

米旗往门外退，说：不用了。

到了街上，米旗给自己的手机换了块电池，然后拨了一个号码，问：我是王老板推荐的，这里是做片子的吗？我来拿货，拿一千块钱货，给多少钱一张？

那头说：那就跟王老板一个价钱啊。

米旗舒口气，想姓王的果然多。

米旗问：带不带壳子啊？

电话里说：当然带啦，软的啦，给你一千五百张啦。

米旗说：我要硬壳子的。

电话里说：哦，走高档路线啊。可以啊，不过壳子很贵啊，加上壳子你就能拿走六百多张了。

米旗说：行。

老板问：名字你要叫什么啊，我们这里有“偷食淫妇”、“欲望娇娃”、“情欲魔海”、“一个陌生女人的来性——高潮”、“淫叫黑珍珠”等，你最好过来看看。

米旗说：你们这里有没有《阳光灿烂的日子》的包装啊？

老板说：这个要去问问隔壁的非毛片部。不过应该有，没有可以做。

米旗说：就要这个名字，你把包装做大点，把最后一个字裁了，叫《阳光灿烂的日》，就行了。什么时候货能好啊？

老板说：要五天。

米旗说：太晚了，最好一天。

老板说：你这是要我机器的命啊。

米旗说：你做不做？不做我找张老板去做。

老板马上说：做做做。

米旗又庆幸道，看来姓张的也不少。

这件一本万利的事情搞定以后，米旗乐悠悠去逛了街。米旗的家随着长江的水位的升高淹没了，但在米旗看来，这下并不是没家了，相反眼里哪都是家。可能这是干大事的人和干小事的人的区别。干大事的把自己看见的都发展成家，干小事情的发展自己家周围能看见的。从2000年到现在的几年里，整个大地都没有下过一场雨。天空永远的多云，气温永远的二十二度，就像上帝也装了空调一般。但并不缺水，树木反而越来越滋润。叶子嫩得羊都想爬树。米旗唱着歌走到一家洗头店前。

这家店一楼洗头，二楼按摩，这倒没什么新鲜的，新鲜的是这家店的两个小妹正在吵架，一楼的往二楼的骂，骂的都是家乡话。米旗驻足观望，二楼的说着说着就吐了一口唾沫下来，但一楼的小妹身手敏捷，快过物体坠落，往旁边一跳，唾沫落空。二楼的一看，这唾沫星的准星没问题，但巡航速度慢了，于是用力鼓动腮帮，憋足马力，再吐一口。这口口水速度之快，连米旗都没看见。

太快了，米旗心想。

一楼小妹做出预判，又往旁边跳了一步。

二楼的再吐一口，一楼的又跳一步。

米旗想这样僵持下去，二楼的非脱水不可。正想着，一楼的小妹已经跳到自己身边。

二楼的最后憋红了脸射了一枪。一楼小妹一下跳到米旗怀里。

米旗嘴里说哎哟小心，心花怒放，低头一看，这正是自己喜欢的类型，虽然出身不好，而且相遇也不够浪漫，是被一个自己不认识的女人一路用唾沫加痰给逼上梁山的。但总是聊胜于无。尤其在这永远如春的天气，没有女人简直是浪费春光。

小妹一看自己撞上路人，连忙推开，道：你怎么走路的，没看见正忙吗?

米旗说：那你忙，我来洗头。

小妹看都没看一眼，说：你先等等，我他妈要报复她。我——噗!

说完，姑娘仰头向楼上吐了一口口水。

米旗想，这太有勇气了，完全不把引力放在眼里。太豪放了，真是十分喜欢。就生怕她玩大发了不肯给自己洗头。

想到一半，这口口水正好落在米旗头上。

小妹一看伤及无辜，一摊手说：得，正好，你不是要洗头吗，进来吧。

米旗顶着心上人的口水进了店门，环顾四周，廉价封的木头顶上垂下了不少塑料葡萄，但葡萄明显买多了，所以店里哪都是葡萄。米旗说：好多葡萄啊。

小妹没发声，弯腰找毛巾。

米旗说：你叫什么名字啊？

小妹妹说：我叫秦艺。

米旗说：哈哈好啊，秦艺，好名字啊。有情有意。

秦艺说：你们男人有没有新意啊，都这么说。我是艺术的艺。

米旗说：是是是。

秦艺说：你等等，别动，我把你头上的东西弄掉，哟，恶心死了。

米旗委屈道：那是你自己的啊。

秦艺说：是啊，在我自己嘴里就不恶心，出来了就恶心了。你说大便恶心不恶心，但肚子不一样吗，拉出来就恶心了，自己的都恶心，拉你头上更恶心。

米旗大惊，想，这太有哲学了。口上说：你都是怎么想出来的？

秦艺说：低头。洗发水都到脖子里去了。老仰着个龟头做什么？再低点。

米旗顺势低头。

与此同时，大麦正在听哈蕾唱歌。哈蕾特别喜欢给她做的笼子觉得回响比较好。大麦想每天把笼子搬到空场上，然后坐在椅子上背对江水听哈蕾高歌。那些技术人员正在歌声中琢磨怎么用最小成本把需要的东西做出来。这些东西，做好了就叫炸弹，没做好就成烟花。

曾丽梅的小帮派从十年前就开始建立。此人从小喜欢汽车，长大后就如愿成了出租车司机。但出租车司机是最难发家的。曾丽梅在一次带客中，突然发现后座落下一个包，拉开发现有一堆钱，仔细一看，不是人民币，看着像冥币，而且还是小额冥币。思前想后决定留着以后烧给祖宗。但那包里还有几百块钱人民币，怕失主通过出租车公司打电话来找，马上自己拉了好多张发票。后来出租车公司真打电话来了，但曾丽梅举着一堆发票说，今天客人实在太多，我实在不知道是谁拿了。

在清明那天，曾丽梅去烧钱，旁边的看客直发愣，觉得自己无脸见自己死去的亲人，相比起旁边的一百美金一烧的孝子，自己真是愧对。大概烧了一半后，曾丽梅才知道自己每烧一张就是一个月工资，一点，还烧剩下两百多万人民币。

这件事情引起了轰动，曾丽梅的解释是，这是遗产。他一烧三百万人民币的事情还引起了报纸的大讨论，曾丽梅说做人要用良心，要对得起祖宗。这钱是先人留下，除了烧给先人外，自己还偷偷拿出了五百万做慈善事业，但是，要低调，所以，具体做了哪些，就不方便透露了。最后，他都要拍着自己的胸脯说，我讲的就是情义。他的举动吸引了很多刚看完《英雄本色》的年轻人。但是冷暖自知，一想起自己失手烧了三十辆自己的宝贝出租车，心就直抽痛。所以每次演讲的拍胸其实是在安抚。曾丽梅决定用最短的时间把钱赚回来。

他先用一百万开了一个酒楼，取名“孝子”酒楼，生意大火，全部都是听闻了他的事迹以后全家出动。三个月就回本了。

但跟着他的年轻人越来越多，姑娘每次收完以后，都安排做了服务员，以至整个孝子酒楼里所有的女服务员都服务过曾丽梅。男的崇拜者就做保安，但随着保安队伍的越来越多，曾丽梅担心再过几年，这保安的人口都要超过旁边的军区了。再不好好安排一下就要被部队收编了。曾丽梅就这样毫无想法莫名其妙地组织了一帮人。但他很快发现这对他的生意很有好处。首先，这些小弟非常卖力，从电影里学习先进或者老土知识，通过各个手段，孝子的分店就开了三家。

米旗洗头洗到一半，女人的口水刚刚洗干净，自己正要流口水的关头，进来两个青年，先是摸了一把秦艺的胸，然后问，你们老板娘呢，在楼上吧?

米旗心里大怒，但看着旁边的秦艺也没什么反应，心想自己只是一个消费者，而且那秦艺是真名还是艺名都不知道，就别管这事了。问道：他们是熟客?

秦艺说：他们是来收保护费的。

米旗说：这样过时的手段都还有？你们这里的历史面貌真是保留得还行。

秦艺说：每个月都来一次，一个月两百，要保护的。

米旗说：如果不给保护费那怎么样?

秦艺说：不知道，还没人不给过。估计就不受保护了。

说着把米旗的头摁了下去，说：你管那么多呢。

米旗说：那说点别的吧，这能住宿吗？

秦艺说：不能，我们只洗头。

米旗说：房间没有？

秦艺说：我们都住在店里的，我们三楼有住宿的，但要走旁边楼梯。怎么，你是外地人？

米旗说：外地。

当天晚上，米旗就住宿在楼上。他要等待毛片的出炉。晚上星空明朗，仿佛只是白天抽去了光线，世界抽去了人声。米旗靠着窗，看着依然开业的麻辣烫，口水都快流出，低头一看，正好一只脑袋，他连忙把口水咽了回去。仔细一看，正是秦艺。她正四十五度角看着天空。原来秦艺也是一个喜欢看窗外的忧郁之人。米旗觉得差点被她白天豪迈粗暴的性格所欺骗，原来在暗夜的掩护下，女孩子的细腻心思显露无疑。他庆幸刚才的口水没流下去，要不然姑娘还以为他很记仇，一有高人一头的机会就要报复。

米旗轻声道：秦艺，你在想什么？

秦艺把脑袋的角度又提升了四十五度，一看是米旗，道：你这死猪还没睡啊。

米旗暗想，女孩子就是嘴硬，掩饰自己临窗忧伤的感情。说：我在看天空，我在我的城市已经好久没看到星星了。你看着天在想什么呢?

秦艺提高声音道：妈的老娘在找手机信号呢。店里信号不好。我那个死男人不知道是去嫖了还是赌了，现在都没给我电话。

米旗黯然地缩回了头。这街道有着永亮的黄灯，正好穿透雾气的色温把这湿答答空气的夜晚划分成了好多黄灯区，更加穿透空气的交通信号灯把不是红灯区的地方都变成了红灯区。深夜还亮着红灯是多么可笑的文明，几乎所有人都睡了只有这东西维持着人类发明的规则。还有可笑的金融贸易系统。当米旗第一次接触到期货的时候，就觉得这个成人游戏太幼稚了。米旗非常憎恨现在的金融系统，他的理想就是摧毁一个国家的经济，为此，他进行了大量的研究，结果越研究就越觉得这个东西幼稚，术语越多的东西越有着需要掩饰的幼稚。但是，他却不幸考成了精算师。

这天晚上，王智跑到街上去找小姐。他到现在都是一个处男。他的父母逼着他马上回去相亲，和一个大他五岁家中条件非常好的姑娘谈谈。王智一直没敢回去。他觉得，第一次给了小姐肯定要比给了大姐好点。

王智的人生中，有一件事情他时常想起，所以他必须要不断去做事情说话，一旦平静下来，这事情就困扰得他不能安宁。小时候他认识一个姑娘，但一直暗恋，没能表白。王智那时候尚小，所以非常在乎自己在那个姑娘面前的形象，只要走过那个姑娘在的隔壁班级，他总要给自己先梳头，每次课外兴趣小组在一起活动时，先要跑到寝室里刷牙。每一句话都是晚上想好的，当然，基本上不能对上，因为没串过台词。总之，他希望自己在这个姑娘心中留下美好印象，等将来有一天，出身贫苦的自己能够出人头地，再回头去寻找对方时，能让对方记得他的美好。

到某年，这姑娘转去学医。王智想，说不定某天，自己在一场帮派斗争中，头破血流，被送去医院包扎，而给自己包扎的那个护士就是这位姑娘。王智说，没办法，帮我们老大争地盘。

在王智的思维里，从来没有自己要做老大的情结。可能是小时候看《上海滩》只看了一半的缘故，他觉得，牛逼的人往往是老大的帮手。

在两年前的某天，王智终于在医院看病做手术的时候遇见了这位姑娘。那天的情形是这样的，王智躺在病床上，主刀大夫说：没事的，这是一个小手术。

王智没有说话，因为从小到大，王智的话都特别少。

大夫说：先让护士给你做点准备工作，先清洁一下。

说着护士端着盘就进来了。王智一看见女护士的脸，正值女护士还没戴上口罩。这一看看得连手术部位的血都往脑袋上涌，恨不能从七窍喷出，全身所有的毛孔都打开，帮着已经不能呼吸的嘴巴大口呼吸着空气。而不知道什么原因，眼前的金星也冒了出来。终于看见自己这么多年，每个晚上都在想的护士姑娘了。可是这时机太不恰当了。如果当时手边有把枪，王智肯定毫不思索给自己太阳穴一枪。

大夫看出了王智的异常，说：没关系的，没关系的，这是个小手术，不用紧张，我们这里，一天要做很多个阴茎包皮过长的环切手术的。

说完，大夫指着一旁的护士说：来来来小吴，先把这个小伙的阴毛剃掉，把生殖器清洁消毒一下。

苍天给王智一千个假设，王智都不能想到自己和这位暗恋很久，乃至成为生命意义的姑娘的第一次身体接触，对方就在揪着自己的小弟弟并给它剃毛。

从此，王智的世界观和人生观就崩塌了。虽然韩国电视剧里很多浪漫的故事和邂逅都发生在医院，但这实在是最好的场景最差的结果，况且如何再去相见，该割的都已经割了，不该剃的也都剃了，拿什么理由再去啊？上次没割好，要再割？还是自己的皮肤组织和常人的不一样，上次割了现在又长出来了？或者索性擒贼擒王彻底根治，把小弟弟一起割了？想来想去，觉得无论如何，这辈子是完了，混吧。

此时的王智迷茫地走在街头，不太复杂的街道看来都似迷宫，太安静了让王智不时想起医院的恐怖经历。两年了还不能忘记。而且越来越清晰。什么事情经得起几年都不去想，更有什么事情经得起每天想好几遍？王智每次缓解的办法就是，想点别的女的吧。

所谓的别的女的，就是王智在确定了自己混，并且跟着大麦混的时候认识的一个姑娘，这个女孩长相普通，虽然大麦夸奖她身材很好，但王智没怎么看出来。王智对身材的理解始终在身高上，觉得女孩子一米六五以上，就叫身材很好，哪怕一百六十五斤。而这个姑娘只有一米五九，和身材有什么关系呢。

这个一米五十九的妖娆姑娘在王智受伤的岁月里给了

王智迅速的关怀。王智在做完生命中最难堪的手术的第三天就遇见了大麦，第四天就遇见了她。她是大麦的一个疯狂粉丝，按照当今的流行说法，她就是“麦片”。王智看见麦片的第一眼就觉得麦片的相貌很像自己老家那片的人，神韵也像自己的姐姐，最关键的是，看见麦片，就忘记了在医院的苦楚，王智对麦片顿时大有好感。

麦片很疯狂，在大麦介绍认识后的当天晚上，麦片就把王智约到了自己外面租的房子里，说：我今天是危险期。

王智没弄明白怎么回事，以为大哥身边的女人都有人要陷害，于是环顾了四周一圈，问：多危险?

麦片说：总之是第十四天，最危险。

王智说：没关系，有我在。

麦片娇声道：有你在才危险。

王智说：放心，我肯定会挺身而出的。

麦片说：那你还等什么，先做点给我看看。

王智说：马上。

说完王智从椅子上飞速站起，紧张而大义地看着房间里，闷声走到角落，操起一根棍子，看着麦片坚定地说：这就来了。

麦片大为诧异：看不出你小小年纪，喜欢玩这个啊?

王智说：我玩得很好。拿这个东西，弄不死人，但保证够爽，哈哈哈哈。

麦片跟着大笑：哈哈哈哈哈看来我们真是合适啊。

房屋里充斥着他们的笑声。

麦片说：我喜欢，我第一次都不好意思跟你说，我喜欢，其实我真的喜欢。一开始轻点哦，心疼姐姐。

王智说：不，第一下就得重。打晕过去最好。

麦片惊诧道：哦哟，那可是洋人的玩法，我们还是慢慢来，晕过去就没乐趣了。

王智说：姐姐小心点，这样的人，不给点教训，他们还敢再来骚扰你，这样，你就永远在危险期。你都危险了半个月了，今天我帮姐姐收拾他们。他们什么时候过来。

麦片从床上站起，一脸委屈地看着王智说：你说什么。你嫖我。

王智拎着棍子，莫名说：我没没想没想嫖你。

麦片气愤道：那你来嫖我。

王智吓得棍子都掉在地上，和所有电视剧里故意掉的一模一样。

麦片说道：快来嫖我。

王智说：姐姐，你。

麦片说：别装蒜，你来我房间干什么？

王智结巴道：干……干……干……

麦片说：那就来干吧，还等什么，我明天就走了，我要回老家去了，我不念书了，我爸妈让我去赚钱了，说不定我看不见你了，说不定再不想看见你了，你要干那还等什么，来啊！

王智吓得傻在原地。

麦片一看对象吓傻了，安慰道：小弟弟，喜欢不喜欢姐姐。姐姐要走了，姐姐没时间了。姐姐给你。

王智懵道：喜欢。

麦片语重心长道：姐姐是不是吓到你了？

王智说：没，没有。

麦片说：看来还是个乖弟弟。来吧，别怕，别紧张，姐姐帮你。

说着麦片就侧头过去，留住了王智的初吻。这估计是全中国初吻后发展最快的一对，不到下一个一秒，或者在北京时间晚上十一点二十五分十三秒后的下一个三十微秒，麦片的手就离开王智身体的肚脐以下十二厘米的地方只有一厘米五毫米。当时的温度是二十二度。他们的身体是三十七度二。王智决定，就这么从了。

突然，王智脑海中一个意识穿过，一个沉稳的男中音说道：你做完手术后，不能急于使用，至少要休息几个星期。否则很危险。

王智一算，这才第三天，够倒霉，还不能出宫。这姑娘这点危险期算什么，明明王智才处在危险期。想到这，王智一把推开麦片说：不行，我今天不方便，不能这样。姐姐，谢谢。我得走。姐姐，我会来找你。你等我。

麦片怔了几秒，骂道：神经病。

王智夺路而逃。

这是王智的第二次感情经历，也是到现在为止仅有的两次感情。男人通常不把友谊称为感情，而把爱情称为感情。事实也证明，男人间的友谊是最不牢靠的，的确没资格称之为感情。相反，爱情却不成爱情，是相对最牢靠的感情。

王智在路灯下一盏一盏穿行。他的人生经历仿佛就那么两件事情。跟大麦混以后，大麦也没做什么事情，一直到了现在，也不知道大麦要做什么事情。大麦说：你虽看着懦弱，但你是最勇猛的。王智完全不理解。自己从来一事无成，没有特长，感情失败，跟着大麦的唯一希望就是成功一次。他向大麦表达他的看法的时候，大麦说：你一直很成功，你成功学会了走路，成功学会了说话，成功知道了吃葡萄吐葡萄皮不吃葡萄吐不出葡萄皮，成功穿了几千次马路没被车撞到，你的人生已经很成功了，如果你穿马路把人家汽车撞坏了，你的人生就辉煌了，我们都没辉煌呢。你都想些什么呢你。

王智觉得有道理，自己一直很成功，只是没辉煌。王智决定，今天晚上一定要让自己的人生辉煌一次，就是成为一个真正的男人。

但是王智明显经验太少，他上街的时候，连小姐都睡了。街上女性只有早饭摊做煎饼的。他走到一条小街，左手边有家牙医诊所，灯火敞亮，透过窗户，一个牙医正喝醉酒倒在地上。右手边是一个水果摊，很奇怪到现在还开着，水果摊的女摊主一直坐在椅子上哭泣，但没有发出声音。

再往下走，所有的店都关闭着，唯一的光源就是路灯。走着穿过一个已经关门的舞厅，一转角，一家亮着桃红色灯光的洗头店神圣地开在橘黄色的灯光中。

王智想，这肯定有小姐，谁半夜三点半洗头啊。

王智推门进去，一个个子不高身材美好的姑娘正屁股对着他给自己的手机插充电器。王智开口道：这么晚没睡觉啊？

姑娘转身说：我这是早班，早上起来大家性欲旺盛。

王智看看四周，说：那来吧。

小姐抬起头，王智吓一跳，不是那姐姐吗，想着自己的人生不能这么巧吧，这一切，太像导演安排的。

麦片也认出了王智，但没表现出激动，眼里闪过的光芒马上被这店的主题色——桃色灯光所掩盖。小姐说：你该真不是跟你说的一样来找我的吧？切，怎么，一路嫖过来，不小心嫖到我店里来了？

王智说：这么多年，你没变什么。

麦片说：废话，你见我的时候我就已经发育好了，还变什么变。

王智说：是是，什么都没变。

麦片说：变了，世道变了，那次你如果上了我，不要钱，免费的，这次要钱。这里没有同学价的。

王智说：是是是，不会少给的。那我们开始吧。

麦片说：开始就进去啊，你站着外间干什么，展览啊。进去进去进去。先洗洗。否则不吹。

王智说：姐姐，这次不了行不？

麦片问：怎么，你还不方便？我们不方便一个礼拜，你是几年几年不方便啊。叫什么姐姐啊，谁是你姐姐了，咱们谁大谁小你弄明白没有啊？

王智说：对不起，对不起。那好好好，我们开始。

麦片说：到里面第三间。要不要我把我姐妹叫起来一起啊？

王智连忙道：不不，你就行，太多了不好。

麦片切了一声，拐角拿了点东西，走向王智。让王智躺下后，麦片打开电视。王智说：没关系，不……不看了。

麦片说：谁让你看电视了，电视开响一点，盖点声音。这是简易屋，大半夜的都快天亮了，北京都要升旗了，你给天安门升旗伴奏啊你？一会叫小声点。

麦片蹲坐下来，调了一会电视，发现都是雪花片。在床上摸索了半天，没找到遥控器，挠头正想，突然发现遥控器被王智坐在屁股底下，麦片骂道：你那屁股没感觉啊，坐我遥控器上了。

王智马上站起，说：不好意思不好意思。

麦片换了几个台，看见一地方电视台正在五集连播郑少秋版本的《戏说乾隆》，便自言自语道：就看这个。说完调大音量，电视里大叫一声：春喜，你去哪了？

王智战战兢兢坐在床角。

麦片道：开始吧。你躺下，把衣服脱了。

王智把衣服脱去，紧张得直咽口水。

麦片说：好了，放松点，我先把你擦下。

王智顿时觉得自己的人生似幻似虚，自己喜欢的两个姑娘的三次见面，居然都要动用自己的性器官，但不幸的是，自己完全都还没任何和性沾边的想法。

王智假装看了看四周，说：嗯，这电视机挺大的。几吋的？

麦片说：二十一吋的。

王智假装大悟道：哦，二十一吋，也不是那么大，但看着怎么就那么大呢。

麦片说：躺平，全套，二百，我先帮你吹。

王智说：别，别，北方人才喜欢吹牛，咱南方人……

话没说完，麦片就已送嘴过去。

王智强忍说：我也有个电视机，是二十五吋的，但看着就没你这个那么大，你这个二十一吋的真挺大，挺大的。

麦片完全没有理会，履行职责。

王智边说边咳嗽几声，问：这什么牌子的电视机啊。我也去买……买……这个牌子……的电视……

麦片抬起头，看着王智，久久不语，然后冲去洗手间，一分钟后出来怒道：你有没有职业道德，你他妈逼要射也不说一声，非射我嘴里你开心啊，啊？！

王智边提裤子边说道：对不起对不起，我也不知道怎么回事，我没忍住，没忍住。对不起，对不起。

麦片说：滚你妈蛋别给我他妈逼装处男。

王智站在床上，退后两步，说：真是处男，真是处男。

麦片说：上次让你干你他妈不干，难怪你不干，你他妈不行啊，还他妈逼没中央台广告的时间长啊。

王智坐下拍着床说：轻点轻点，我真是不好意思。

麦片说：让你干你不干，你他妈自己搞女人找上门来，你他妈逼几年前完事了，我他妈逼做你女人好不好，你不能把我留下来啊你，你是不是男人啊，你跑了就闪屁了，我等你一晚上，你行不行好歹跟我说声啊，我现在走了，被逼得出来卖，你真他妈贱，免费的试用期的你不要，非要等正式收费了才来啊。都是你害的。

王智一头雾水，想这事虽然印象深刻，但毕竟两人才认识两天，且最关键的是那天自己真的不方便。此刻在床角落里想着要不要说，斗争得不可开交。床头就是周润发的小马哥海报。他躺在小马哥的风衣下不知所措，说：给我一支烟。

麦片拉开抽屉，扔出一支烟。

王智接着烟，问：你这烟，怎么这么细长？

麦片说：处男，你会不会抽烟？这是女式的。

王智左手捏着烟说：哦，女式的烟。火呢？

麦片道：你自己钻木取火吧。别借火跟我套近乎，虽然没全套，一分钱不少，我还受了委屈呢。

王智稍微缓过神，说：好，老子就他妈钻木取火。

说着在床头强取下两根木头，说：我跟你说吧，我这人就是拧巴，我就他妈给你取火看。我实话跟你说，上次晚上，我刚做手术，我那里实在不方便。不信你问麦哥，他也来了，他就在边上山里。

麦片说：大麦也来了？你回去以后介绍他来我店里，我给他半价优惠。不过等你取了火，不知道什么时候了。给你打火机。

王智说：不，不用。

麦片收起打火机，说：不用拉倒。

两人就一直没说话。

天空里最早光芒浮现。

王智哭着钻木取火，麦片问：你干吗呢，深情什么呢你？

王智说：我快成了。

麦片说：别说你给烟熏的，电视连续剧我看多了，我回了老家，就租碟，我看了两年的电视连续剧，我看了一百多部。

说着，二十一吋电视里的《戏说乾隆》终于结束，最早光芒隐灭成最后黑暗，黑暗中突然升起烟来，麦片大声笑着叫喊：火，火，弟弟，火。

这一时刻江淑娜的片尾歌声响起：

山川载不动太多悲哀
岁月禁不起太长的等待
春花最爱向风中摇摆
黄沙偏要将痴和怨掩埋
一世的聪明　情愿糊涂
一身的遭遇　向谁诉
爱到不能爱　聚到终须散
繁华过后成一梦啊
海水永不干　天也望不穿
红尘一笑和你共徘徊

王智哈哈大笑，道：成了，成了。

麦片惊讶道：可你怎么在我床上钻木取火啊。

王智收起笑声说：灭火器。

麦片说：你当这五星酒店啊。

王智呆在原地。麦片连忙下床，打开抽屉，抓起一把钱，说：走啊。

王智问：这这这水，水呢？

麦片一把拉着王智，说：你坐火堆里干吗呢，你自焚啊，你要升天啊，快走啊，哈哈，快走。

王智衣服都没穿跳下床，抓住麦片问：这里烧了你姐妹们怎么办？

麦片大笑道：让她们去喝西北风吧。走了走了，带上钱，带上钱。你钱包呢？

王智说：在呢。快，快走。

麦片笑着拖着王智冲出发廊，桃红的灯一个个在高温里破灭，喇叭的音量越来越大，电视机最后很应景地唱了一句：一身的遭遇向谁诉……然后就炸了。

麦片定了定神，说：这电视机唱给我听呢，一生的遭遇向谁诉。

王智喘气道：是唱给电视机自己听呢。哈哈，我带你去山里，我带你去看更牛的一个电视机。你见了这电视别瞎说话。

两人背后火光冲天，旁边民宅的窗纷纷打开。麦片说：溜。

王智和大麦手拉手跑着，天似乎瞬间就开亮，早晨最新鲜的空气迎面而来，骑着三轮车卖煎饼的大妈迎面而来，洒水车迎面而来，消防车迎面而来。

两人站定在街上，王智问道：我这算不算破处?

麦片呆在原地，思考半天，说：你真难倒我了。

王智看着麦片，缓缓说：我来日方长，你细水长流。跟我走。

天亮起，米旗被消防车吵醒，他走到窗口，往楼下下意识看看，想哪个王八蛋天刚亮就放火。再次躺下，睡意全无。努力几次，失败告终。

娄梯这天一直在研究，这些足够当量的炸药要怎么做出来。虽然有着丰富的化学知识，但在原材料紧缺的情况下，的确非常困难。做事最怕被人家看笑话，做炸弹最怕被人家看烟花。而且做的过程十分艰难，万一不小心，自己肯定挂在敌人的前面。他想先从小的做，先暖暖手，毕竟人人都可以用嘴来做出核弹。

他先到山脚边买了开业庆贺用的两千响的鞭炮，想从里面取点火药。可是一个一个拧未免过于像老太婆剥毛豆，于是就把两千响的鞭炮在煤油里浸了段时间，拿出来捣碎，填充在各种瓶子里，满心想按照这个量，至少应该把瓶子炸破，造成一定的杀伤力。为此，娄梯还特地去弄来了几米长的药捻子导火索。大麦和哈蕾一直看着娄梯在那里捣鼓。娄梯一天就完工了，但心里充满对自己的鄙夷，想这炸弹要是都这么做，这世界上肯定没人愿意干恐怖分子这行当了，完全不够恐怖，在闹市里造点火花，寒冷冬夜，谁以为你是恐怖分子啊，人家还当你圣诞老人呢。况且这药捻子引爆方式也太难看和被同行所鄙视了，为了自己足够逃生，要三米长的导线，这段时间里万一来个路人踩上一脚给弄熄了，这恐怖分子的脸往哪搁啊，总不能上去指责人家：喂，你走路不长眼啊，把我炸弹给踩灭了。

做完了简易的火药以后，大麦和哈蕾随着娄梯来到空地上。

此时天色微亮，空气清新，哈蕾对着尚有雾气的江水问：大麦，这些瓶子要做什么，是漂流瓶吗？

大麦对着娄梯喊道：喂，娄梯，哈蕾说你这是漂流瓶。

娄梯没说话，继续摆弄这些瓶子。为了看上去显眼一点，娄梯把四个瓶子聚集在一起，想如果热量产生的膨胀空气不够，至少还能互相利用到一点。

大麦觉得娄梯说的一百米的距离有点不靠谱，往前走了五十米，说：娄梯，你点了以后大概能跑个五十米吧？

娄梯说：差不多，这三米导线，跑五十米。

大麦说：那我就不站那么远了，让哈蕾在那，我跟你一起站五十米。

娄梯说：别别，安全起见，我怕碎片什么的万一……

大麦把娄梯的手压下，说：没事的，你最怕死了，你觉得杀伤力大的，你的导线肯定就有五十米长了。不过，这一定得用导线吗？

娄梯擦汗道：不，不一定，这其实可以用电路的短路，对讲机啊手机啊什么的就行，就是花点时间。我这就是做着玩，这不米旗还没把钱给弄来嘛。

大麦说：好，那让我见识一下，你开始吧。

娄梯充满爱心地看着自己做的可爱多小炸药，点了火就往回跑。大麦看娄梯奔跑的架势，不由自主退了两步，后来觉得这下意识的行为不够兄弟，就又往前走了一步。娄梯边跑边觉得自己窝囊，在这个讲究高科技的年代，在这个连水表都能远程抄表的年代，自己恐怖的罪恶的炸药居然是这样做出来的，未免说不过去，而且在跑的过程里，还不能有所闪失，万一脚一软趴下了，自己就和人体炸弹没什么区别了。想着就觉得大麦脸上被光芒照耀了。

娄梯拧头一看，火光冲破了自己密封的瓶口，喷涌而出，最尴尬的事情发生了，炸药变成了烟花，而且是四个烟花。娄梯转回头看，眼前的一切仿佛升了格，大麦拧着眉头，哈蕾在五十米后欢快地鼓掌雀跃着，四周围绕的青山绿水都有点晕眩，难道这就是传说中的江山笑我痴？

娄梯又回头看着身后小小的篝火正被风吹灭，他惆怅地止步。大麦走上前，唱道：

我劝你早点归去

你说你不想归去

只叫我看着你

幽幽海风轻轻吹

冷却了野火堆

哈蕾不知道什么时候已经到了大麦的身后，看来哈蕾的欢跳要比普通女孩子的原地欢跳更加有积极向前的意义。哈蕾跳到大麦身边，说：我好喜欢哥哥的《风继续吹》，我好喜欢粤语歌，来，我陪你唱。

我看见伤心的你

你叫我怎舍得去

哭态也绝美

如何止哭，只得轻吻你发鬓

大麦摆手示意停。娄梯说：大麦，这说明，这是不可行的，必须要等那谁那米旗，我们需要硝酸甘油来做，才比较正规。我们需要浓硝酸、浓□□（此处省略两字，为防效仿）、甘油和碳酸钠。你给我在你们住的地方远点的地方腾出一个实验室，说真的。

大麦说：没事，兄弟你用心良苦了。我知道情况，在我们要去支教的小学里，有一个空房间，我给你准备好了，我和那里打过招呼，说要给小学生上化学课，早掌握化学知识，小学毕业出来就能混了。那里觉得很好，你可以在那里尽情做。以后就不用放烟花给哈蕾看了，我怕哈蕾天天缠着要看烟花。没事，我们这个东西，不用来伤人，只用来吓人，你没事教教小学生，怎么正确地使用铀来做原子弹就行。

娄梯的信心似乎有点受挫，他哀求说：那一定得离人远点，我怕我一个疏忽大意，就……就大义灭亲了。

大麦拍着娄梯的肩，说：自打我在学校里试过你自己做的一流的春药以后，我深信你肯定能做出一流的炸药。

米旗退了房间，走下楼，等着洗头店开门。虽然这样洗下去非把自己给洗秃了，但无论多么秃兀，总得见人一面。那个可爱的从楼下往楼上吐口水的姑娘，让米旗想念了一个晚上，连做梦都是自己被口水淹死了。退了房间，走到楼下，发现洗头店还没有开门。手机突然响起，那头说：你的碟好了。

米旗心想还是盗版速度快讲信用。很快就取到了六百多张碟片，当务之急是把它们卖掉。当然不能卖给零售店，只能自己设摊，精装的可以一张卖二十，这样就有一万二千块钱。明显是不能去小学卖的，但也不能去大学卖，大学生厚颜无耻，可以一百人聚集在一起看一张毛片，所以不能走量，掂量着只能卖给高中生。到了高中门口，试探了一下，卖了十张，都是作为馈赠学生会领导的礼品。米旗想这样还是不行，除非有排队抢购的情景出现，要不然出货太慢了。等货出完，差不多自己吃住的花完了。米旗暗自有点着急辜负了大麦的期望，当时光想着倒腾毛片回报率高了。没想到这行业的回报率要建立在回头率的基础上。米旗不由感叹，上天啊，请给我一个傻逼把这些碟全都买去吧。

刚许完愿，过来一个中年男子，问：你这里一共有多少张？

米旗说：六百多张。

男子说：多少钱一张？

米旗假装漫不经心道：二十。

男子说：太贵了。

米旗说：这是正版的，你看，友谊兄弟出的。精装。送礼最合适。

男子说：我全要你给我多少钱？

米旗说：十九。

男子不屑道：你不要以为我不了解这个行业，你这成本也就十五一张。

米旗说：但我这个风险大啊，一张赚你四块钱。抓进去罚款多少你知道吧，三万，全靠两条腿跑得快。

男子说：胡说，我就是公安局的，最后也就罚五千放人了，一看你就没被抓进去过，年轻人。

米旗说：那大爷你现在做生意了，你也知道做生意不容易，我就给你成本价了。

男子说：好，十五。

米旗说：还是做这个赚钱，你能卖到三十一张。

男子骄傲道：哪啊，我这是兼职，告诉你内部消息，最近大扫荡三个月迎全国文明城市。

米旗说：哦，这样，那你直接去做碟的厂里就行了，你不是有道吗，干吗到我这买啊。那儿多便宜。

男子说：操，被我们头封了，我的头托人订了几千张，然后就自己把那给封了。说罢抬手一看表，说，估计现在已经行动了，行动了。你别嫌少，你非得卖给我，其实我们一早就掌握了你的行踪，你不给我我扣了你的货。给你八千，我说太多了，你快走。

米旗一头雾水收了钱，想到的第一件事情就是世界太莫名，必须到一个现实的地方，比如秦艺那里去缓一缓。米旗走在正午的街道上，树叶片片落下。他唱道：

无论我在天涯海角

是否你也会一样想起我

可不可以

可不可以

可不可以

可不可以……

一直卡带一样“可不可以”到了秦艺楼下。走进了洗头店，他坐下说：秦艺姑娘在不在?

在旁边给一中年男人洗头的小妹说：小秦在楼上给客人敲背。你坐着等等。

米旗只好再一次打量这个店。坐得无聊，米旗说：我上楼去躺着等。

米旗走上了楼，发现都是用木板隔开的小单间。床头放着餐巾纸。在隔开的不远处，仿佛传来秦艺的声音，米旗用耳朵贴着木板仔细听，不得要领。再走近三步，屏息听着，听到秦艺的声音：这几天危险，大哥你可别放里面。

米旗黯然心碎，总不见得安慰自己秦艺是在告诉自己的哥哥不要把钱放在保险箱里这般自欺欺人。米旗收起了钱，打消了要把秦艺赎出来的想法，独自走往营地。

大麦已经和其他人在陆续往学校搬东西。镇长过来请大家抽了几支烟。小学在地势的低处，是烟雾的归宿。那里大部分是挖煤工人的子女，而且学校还是寄宿制，面积很大。小学越来越大，大学越来越小是教育的趋势。学校周围都飘荡着煤渣的气味，就连刷白的墙也看着灰暗。大麦要来的办公室原来是厕所改装的，因为这里的人基本不用厕所。因为老师老死的问题，学校的学生已经很久没有正式开课了。没有人管这里，因为这片地已经全部卖了，连曾丽梅的保护费用都没收到这里来。

米旗带着钱回来的时候，大麦正好在上课。王智笑着把米旗带到了教室。大麦上的是英语课。陪同在旁边的还有教育局的一些领导。王智问道：你们以前上过英语课吗？

下面坐的学生回答道：没有。

大麦说：那我给大家上英语课。大家有什么英语的基础吗？班干部是谁？

此时站起来一柔弱女孩，说：我。

大麦说：你们以前学过什么英语？

班长说：我们以前学过英语歌，后来英语老师就找不到了。

大麦说：好，你们学过什么英语歌?

班长说：我可以带领全班同学唱一下。名字我们不知道，同学们说，这首歌叫《麦当娜》。

大麦说：好，唱唱。来来来，你可以在讲台上带领大家唱。

班长听闻后快步上前，吃力地爬上桌子，站在讲台上，头顶着日光灯，打着谱子说：同学们，我们给新老师演唱一首《麦当娜》：

old macdonald had a farm

yi–a–yi–a–o

and on his farm he has a duck

yi–a–yi–a–o

with a quarkquark here

and quarkquark there

here quark there quark

everywhere quarkquark

old macdonald had a farm

yi–a–yi–a–o

and on his farm he has a dog

yi–a–yi–a–o

with a ruffruff here

and ruffruff there

here ruff there ruff

everywhere ruffruff

old macdonald had a farm

yi–a–yi–a–o

歌曲唱完，教育局的领导非常满意，把烟在学生的铅笔盒上掐了以后说：怎么样，怎么样，这首《麦当劳》唱得好，其实我们学生的基础还是可以的。哈哈，好，诸位年轻的老师，那我有事情先走一步，你们继续教育。希望你们教育出成果。谢谢你们对我们这里教育的支援。

大麦赞许道：的确，的确。

送走了领导以后，大麦听到教室里有哭声，赶忙冲回去，看见班长站在讲台上哭。大麦上前问道：你怎么了？

班长抽泣道：我我我下不去了。

大麦把班长抱了下来放虎归山，然后严肃地说道：

英语课，以后我们就废除了，你们母语都还没有讲利索，讲什么英语呢。这次，为了让大家记住母语，我决定，把这首美国民歌翻译成中文，教给大家，好，现在改音乐课。音乐课代表呢，站起来一下。

放回去的那个小女孩又站了起来。

大麦问道：怎么还是你？

小女孩说：不知道，但我偷听老师在办公室里说，因为我去年回家的路上被矿工强奸了，老师和同学们为了让我建立信心，让我担任班长和各个职务。

大麦和他的兄弟们面面相觑了一会儿，说：嗯，好，那你到讲台上来打拍子。

小女孩一蹦一跳上了前，正要爬上讲台，大麦连忙阻止，说：你站讲台前就行了，不用爬上去了。

大麦对底下丝毫没有求知欲的眼神说：

这首歌，用中文是这么唱的——

老麦当娜有农场

咿呀咿呀哦

农场里面有只鸭

咿呀咿呀哦

在这里嘎嘎

在那里嘎嘎

这嘎那嘎到处乱嘎

老麦当娜有个农场

咿呀咿呀哦

在农场里有头牛

咿啊咿啊哦

那个好地方呀么好风光

好地方呀么好风光

到处是庄稼

遍地是牛羊

啊——

唱毕，众生诧异。王智上去小声说：老大，你贯通中西了。

大麦站原地想了想，说：的确，的确，中美合资了。怎么就唱得这么顺口呢。以后音乐课由一位女老师来带大家上。这次是第一堂课，你就当我是大家的班主任吧。大家叫我大麦老师就可以了。

小女孩站起来说：大老师，我想把全班同学介绍给您认识一下。

万和平在一旁直对王智和米旗说：被强奸过的确不一样。懂事多了。

米旗接话道：只可惜啊，只可惜啊，这么小年纪就不是雏了。

万和平说：不是雏怎么了，不是蛮好的嘛，我就不喜欢雏，雏才可悲呢，你没听说过吗，“雏雏可怜”。

三人不禁笑出了声，小女孩问大麦道：大老师，这三个老师怎么了？

大麦镇定地回答道：这三个老师正在讨论如何开展教育工作。

上课到一半，大麦偷偷对王智说：打铃。

铃响过后，大麦道：今天只上一节课，同学们下面开始在操场上自由活动，由班长带领，老师们开一个教务会。

大麦转身对王智说：把所有人都集中到操场上去，要开个会。

大麦先漫步到了操场上，眼前的山上直往下掉石头。只需要安静十秒便可以听见不远处传来的江水声。哈蕾是第一个赶到的，到了操场上就开始荡秋千，没荡三下整个秋千架子就散了。哈蕾站在秋千掉在地上的木板上不知所措，周围有几个学生绕着哈蕾开始欢呼跳跃。大麦过去问：没事吧？

哈蕾拍了拍胸口说：怎么办？

大麦道：没关系，一会儿让石山来修理一下就行。

过了几分钟，石山、娄梯、王智、万和平、洪中、米旗都集中到了操场上。大麦问米旗道：现在赚了多少了？

米旗说：八千了。再用这八千过几天想点办法应该能到两万。

大麦说：哦，不用，我觉得我先留下七千，然后再给你一千，然后你再赚八千回来就行了，这样好像比较好。

米旗面露为难，说：大麦，不是我说，那真是我碰运气赚来的，你别把我想得太神了，钱没那么好赚的，要不我早自己去赚钱了。

大麦没搭理他，继续问娄梯：炸弹做得怎样了？

娄梯回答：还在想办法，有钱了就好做了。

大麦说：是，钱多点就能直接买现成的了。

大麦继续对娄梯说：明天让你装点东西。

大麦继续说道：洪中还在做他的发电机。但是，也有人带了女人回来，包括我，人越多，其实越不好，尤其是女人，没什么战斗力。

大麦继而一拍石山的肩膀说：那只笼子做得怎么样了？

石山说：做笼子最简单了。

大麦说：哈哈，好。

万和平问道：那我们什么时候开始？

大麦说：不着急，天气一直那么好，多爽朗几天。你就负责多培育出几个好学生，对了，你最擅长什么科目啊？

万和平道：天天这样过，会不会无聊？

大麦说：这才过了几天啊。你去城里走走吧。

万和平站起来道：好，那我这就去走走。

他起身太猛，没走几步，眩晕了一下。回头望一眼，大家都看着他。他又归队说：我真得去散散心。

大家收拾完东西回到了阿婆家，大麦对阿婆说：我们可能要搬去学校里住，那里更加宽敞，能有单独的房间。

阿婆说：你们不看电视了？

大麦说：电视当然要看，吃饭还得在您家吃啊。

阿婆喜上眉梢，片刻后道：你这里人越来越多，我这是住不下，还是住在学校好。这样还方便，你们男男女女的方便。

哈蕾总是不知道什么时候飘浮到大麦身边，大麦带着哈蕾又去看江水。大麦担心的是，哈蕾变得越来越正常。不过在大家眼睛里，哈蕾一直很正常，因为哈蕾是个唱歌的，人们对唱歌的人的精神状态总是有很大的宽容度。以前他们是走路到江边看水，现在改成爬山远眺。但最近不知道为什么山上的石头总有松动，在看江水的时候老是有桌子大小的石头往下滚。大麦说：地壳运动了。

说着说着，变了天，刚才还是多云，突然间，晴了。

哈蕾问道：你是来这里度假的吗？

大麦说：我都跟你说过了，你怎么又忘记了。

哈蕾说：我没忘记我没忘记。最近的白天特别长。

大麦低头一看手表，已经六点半了，天居然还在回光返照。大麦转身看看另一个方向的小学，突然大叫一声：坏了。

哈蕾也大为紧张，说：是手表坏了吗？

大麦说：你等等我，我忘记给他们放学了，坏了坏了。说完直往山下跑去。

到了山脚，大麦翻墙进了学校，看见操场上一片空荡荡，教室里似乎也没有人存在的迹象。唯独班长像拍恐怖片一样地来回荡着石山刚刚修好的秋千。

大麦小跑到班长跟前，问：同学们呢?

班长回答道：都走了。

大麦舒了一口气道：真自觉。那你呢?

班长说：我在等着给老师汇报工作。

大麦抚摸着班长的脑袋说：真乖，你叫什么名字啊?

班长道：就叫班长。我姓班，名长。

大麦说：好好好，天造地设啊。小妹妹，生活的小挫折都没关系，你这样认真上进，谁在意你以前的事啊，以后去了大城市，根本没人在乎，说不定人家还觉得你小时候发生的事情特别酷呢。

班长一笑，露出两个虎牙，但那两个虎牙明显稍大，稍微脱离了可爱的范畴。大麦特别郁闷，因为凭借他的观察和记忆，似乎刚才中午在课堂上，没看见班长有这么大两颗虎牙啊。可能是太阳将要西下，夕阳的光影响了视力。

大麦问道：你怎么还不回家啊，都要七点了，天都要黑了。

班长说道：我等到老师回来，我就要回家了。

大麦问：你以前也是这样吗，等到老师走你才走?

班长说：是的，以前老师都很晚走。

大麦道：哦，你们以前老师这么辛苦啊，走，跟老师一起出校门吧。

天空还是巨大的光明，无风无云，耀眼得像中午。门卫也早就不在了，旁边的小门一直开着，操场就笔直地正对着大门，秋千对着小门。从操场走到门口的三十米，天黑了，而且黑到彻底，星星都无比清晰，像直接挂上去的。大麦问：你怎么回去，天黑了？

班长说：我家住得不远，走过去就行了，老师再见。

说完班长一笑，可能是钨丝灯光的原因，女孩的虎牙显得又比刚刚一分钟前天亮的时候更长了一点。大麦不解地笑笑，也没能目送班长离开，便着急去半山接哈蕾。他只想哈蕾千万不要走动。

次日的早上，大麦去上第一节课，课程完全随意。一天一共两节课，其他时间都是自由活动。大麦决定去上一堂社会学。一进教室，班长已经在带领大家唱歌。大麦扫了一眼人数，发现没少人，一来大麦记得住，二来他们衣服都没换过。

大麦站上讲台，说：今天我要上的课，是社会学，你们知道社会学吗？

小学生们摇摇头。

大麦说：太好了。你们知道什么是社会吗？

小学生们又摇摇头。

大麦说：社会学就是王八蛋。

在旁边听的王智说：你真是粗俗肤浅啊，但是不得不承认，你说得很对。

大麦对王智道：老师请不要插嘴。

大麦说：好了，今天我的课上完了，下课。

班级里一个男生说：老师，我还有个问题要问。

大麦说：不回答你，你别以为假装问问题的学生老师都喜欢，我就讨厌都是问题的学生，有问题自己去找答案，这不是表演系。

男生当场就哭了。

这时候，一个邮递员骑着自行车来到了班级门口，邮递员按了下自行车铃。班长喊道：铃声响了，下课。

大麦刚要下意识阻止。邮递员着急没人出来，又按了一声铃。班长迅速起立道：铃声响了，上课。

大麦看了一眼班长，没顾上想，去取了包裹，放到了讲台上，把包裹拆开了。包裹里是个塑料盒子，有一堆碎金属件，在透进来的阳光下闪闪发光。全班同学都被吸引住了。大麦问同学道：谁有大手帕？

同学们回答道：我们没有手帕。带手帕的同学是要攀比。

大麦继续问道：那你们有什么？

同学们异口同声回答道：我们有红领巾。

当然，也有几个卑微的轻声喃喃戴绿领巾的混杂其中。

大麦指着坐在最前面的同学道：老师借一下你的红领巾。

那位同学紧张得连忙吮吸了一下鼻涕道：老师说的，红领巾是烈士的鲜血染成的，是不能借的。

大麦问：是不是老师说什么你就做什么啊？

那位同学说：是的。

大麦说：那老师让你把红领巾摘下来借给老师。

那位同学摘下了红领巾，说：好的。

大麦把红领巾铺在桌子上，把那堆小碎件铺在上面，从口袋里掏出一张纸在核对。边核对边对王智说：帮我把娄梯叫来。

娄梯正在拐角的房子里布置化学实验室，很快就到了大麦跟前。

大麦把红领巾打开，问娄梯：你看看这些东西。

娄梯上前一步，小心地拨开在一起的零件，嘴里唱诗般朗诵道：

空仓挂机柄、套筒限位器簧、扳机拉杆簧、扳机拉杆、扳机、空仓挂机阻铁、扳机保险轴、空仓挂机簧、阻铁扭簧、阻铁轴、击锤枢轴、击锤止动销、阻铁簧、阻铁、击锤、击锤挡板、待击连杆、击锤簧挡杆、待击弹簧、弹匣卡笋，套筒座架，套筒、照门、击针挡杆、枪管、复进簧、复进簧导杆、尾栓、保险机簧、保险机、击针簧、击针……

大麦说：这也是一堂劳技课，同学们看这些零件，现在是一堆散件，但在我们娄老师的手里，很块，就能成为一件……一件……一件东西。大麦一时找不到合适的名词。

娄梯如获至宝问道：大麦，很快就能装出来。看这个磨子，是国产的92式手枪的模仿品，你都是什么路子弄来的。

大麦回答道：我从淘宝上买来的。

娄梯直赞美这些仿件的工艺上乘，装在一起完全不需要再打磨。大麦就在一旁观看。同学们也坐在下面看得入神。娄梯在万众瞩目的感官刺激下，很快就把枪装好了。

大麦问同学：这是什么？

同学们回答道：92式。

大麦和娄梯吓得倒退一步，问：你们怎么这么了解？

同学们异口同声回答道：因为我们都有。

说罢从书包里纷纷拿出了自己的手枪。

娄梯倒吸一口气，说：还有1911啊。

大麦看着自己手里的土枪，顿时有了重新拆成散件的心。大麦问同学：同学们都是从哪里得到的啊？

学生们回答道：捡的。

大麦回忆在很早的时候，凤凰一带仿造枪的手艺是非常有名的，因为这个地方三省交界，又有少数民族，还有特殊宗教团体，所以很难管理。不过这里的人仿制手艺很好。当然，全中国的人这方面手艺都很好。在十年前的时候，很多的地方小流氓团体都到凤凰来买枪。凤凰这个地方只做手枪，因为手枪好卖。在这个禁枪刀的国家，老百姓都是没有防御力的，但歹徒身为歹徒，肯定会有凶器。因为目标群体都遵纪守法，所以手枪和步枪或者冲锋枪对他们来说，威力都是一样的。手枪相对方便携带，居家旅行的时候也不会太重，万一走火了还有个救，所以很受欢迎。AK，M16系列就太大了，必须要有枪包或者吉他提琴盒来包装运输，走出去以后是个搞音乐的，这会让歹徒觉得脸面无光羞愧难当。当时这里的手枪卖得很便宜，大概五百元一支，那会儿仿64的是最多的。但子弹就比较贵，在所有销售点都统一了价格，无论什么口径的，一律一百元一发。很多人买得起用不起，就跟现在老百姓买汽车似的。就是让你先上套，再慢慢剥削你，就不信你有枪不射，如果那样你还是男人吗。而且当地的枪商为了让子弹销售得更好，还编制出各种理由来欺骗没有多少用枪经验的小混混，说枪和汽车一样，要经常发动发动，要不然扳机组和枪管容易锈掉，具体使用的频率没个大概标准，最好每天都射一次。实在不行必须要保证一个礼拜射一次，要不然以后真要使用了，枪支容易不举或者必须送回凤凰给卸了重新保养，因为没到正常保养周期，这样非正常的卸枪就是早卸，卸三次就彻底不行了。在这错误理论的贯彻下，得到枪支的小混混们经常要射击几次，但大家觉得子弹太贵，不能浪费了，千万不能射在墙上或者空气里，一定要射在人体内，才感觉物有所值弹有所终。但找人射一枪不像找人打一炮那么简单，无怨无仇是不能用枪去打人家的，不然就违反了香港电影规则，所以，恩怨在那几年里被放得尤其大，一言不合，马上双方能掏出枪来决斗，谁死谁活取决于谁胆子大敢于冒着做仿枪支和子弹走火概率百分之五十以上而且一走火就打到命根子的危险，上着膛并开着保险走路。在那两年里，老百姓生怕招惹上事，都特别客气，感觉局部社会风气进步了不少。

好风光没能坚持两年，这个违法的现象和巨大的窝点被电视台《一边天》节目曝光以后，引起了巨大的重视，很快这里就被整治了。然后《曲艺杂技》《大水车》连续半个月的跟踪报道，让凤凰这个地方在一段时间里全国扬名。

凤凰新上任的领导班子决定在全国范围里重新塑造凤凰的形象，特地把电视台的《同一支歌》节目组请到了凤凰，举办主题为“我们这里没有枪”的走进凤凰大型晚会。但《同一支歌》实在太贵了，请他们来就要卖掉两个企业，于是便发动了“你想见明星吗”大型全城捐款活动。终于凑够了钱，给了《同一支歌》剧组，被告知要等大半年，因为中国的县城实在太多了，《同一支歌》节目除了大城市不去以外，哪都得去，轮下来要很长时间。实在没办法，又托人提升了这次活动的政治意义，说《同一支歌》是他们老百姓给自己的一个承诺，要不然大家都快憋不住要重新造枪了。

终于盼来《同一支歌》剧组“走进凤凰——我们这里没有枪”大型演唱会。那天武装部调集了十门礼炮、一百挺机枪来鸣枪欢迎剧组的到来。从此，在《同一支歌》的感化下，这里再也没有了制枪业。

不过在大麦眼前的这些手枪工艺和刻字非常的好，完全不是那个时候仿品的遗留，除了工程塑料的GLOCK系列受限制于加工材料没有制造以外，其他的名枪都有了。大麦对娄梯说：你，去鉴定一下。

娄梯拿起来只看了一眼，说：真品。

大麦非常纳闷地问道：同学们，到底是哪里来的?

学生们还是回答：捡来的。

大麦恨不能说大家再去捡点。

班长站起来说：这是一次在马路上捡来的，就发了大家一人一支。

大麦仔细看着枪管和抛弹仓，没有任何火药的痕迹。看来还没有发射过，应该是用于仿造的样枪。

大麦说：老师要没收这些枪。

学生们纷纷把枪收进了书包。

大麦说：交枪的同学，考试的时候可以加二十分。

很快，一共收齐了二十多支各种型号的手枪。娄梯偷偷地把自己已经装起来的枪拆了，在枪管里塞了一支粉笔，发现大小合适，给了大麦。大麦看了一眼说：这个好，没有白用支付宝，至少还买来一个粉笔套，以后写字的时候手不用脏了。

娄梯轻声说道：好枪这么多，但是有一点很麻烦，子弹的口径很多不一样，要去找，怎么办?

大麦说：那你上网去找找。

万和平果真一个人溜达到了城里。他想大家都有一技之长，没有一技之长的那个也是一家之长，就他似乎是跟着混来的，越想越迷糊。走着走着来到了一个居委会的老年读报栏前，发现是当地的党报，正打算不看，突然发现头版头条不是领导在开会，顿时停住了脚步，想这不正常，美国9·11和太平洋海啸的时候一般这种报纸的头版头条还在召开关于开展呼啦圈进社区活动有益健康的领导会议。

万和平站定看了一会，发现了头条是这个新闻：

太阳发生巨变

日夜交替接近极地，领导班子积极应对

本报讯，经过中国、美国、俄罗斯等科学家的研究和观察发现，太阳的运动突然发生了巨大的变化，因为这种运动的变化，导致了引力的变动，地球的自转受到了影响，所以，科学家们估计，从明天起，地球的日夜交替将产生严重变化。

我区域的变化为，将持续有一周左右的白天和晴好天气。特征接近于极夜和极昼，在这个时间里，我领导班子决定，作息时间不发生变化，大家只需要将白天当夜晚，胸罩当眼罩，就可以有正常的作息生活。但务必将自己的手表调换成二十四小时制式。

在这一周的时间里，我们的城市设施部门将竭力安设路灯，所以请大家不用为即将到来的极夜发生恐慌，气温暂时没有变化，将一直在二十二度左右徘徊。体感舒适。

万和平看看街上，没人有什么异常。人类行进的节奏似乎都要比往日优雅，大家可能觉得有什么好急的，反正这下是真的来日方长了。

万和平要把这个消息告诉大麦，大麦一直没能接电话，估计在上课。他想这是个重大的消息，必须要回去一次。这气候都发生变化了，相比之下，人类间的鸟事就像鸟类间的人事一样不足挂齿。难怪大麦一直要自己有个发电机，原来是夜长用电多，现有的电力恐怕供应不过来。真是远见。或者是他早知道了这个消息。万和平想仔细看看这个新闻的生产日期和保质期，结果发现搞半天这原来是副刊的第一篇文章，而副刊正是文化版块，是这里在新搞的一个叫“科学故事进万家”的活动，而这篇文章则是这个活动的一等奖，文章的名字叫“三套班子，人定胜天”。

万和平骂了一句，走了几米后就走得分心了，突然身子一重，撞到了一个路人。等回过神来，路人一个趔趄，踉跄几步一脑袋撞在树上，晕菜了。万和平没多想，上前一步，推了那人一下，那人额头渗血，双唇紧闭，没有任何反应。摸了摸胸部，连心跳都没摸到，万和平大惊，定下神来拼命想心脏是在左边还是右边。冥想了很久，从记忆深处捡来了一段对话：

小姐，这捏脚是不是随便哪个脚开始捏的？

不是的，我们都是从左边的脚开始捏的。

为什么从左边的脚开始？

因为心脏在左边，为了血液循环得更加好，所以，足底按摩都是从左边的脚开始做起的。

哦。

万和平回想了第一次做足底按摩的经历，情不自禁跟着自己当时的那声“哦”又哦了一声。但眼前问题又来了，到底哪边是左边哪边是右边呢，他从小都是左右不分，也实在回忆不起当时是哪只脚被技师先按摩了，只好再冥想，突然，想了起来：

爸爸，怎么分辨左和右啊？明天学校要测试。

儿子，你拿筷子的手就是右手。

这个我知道，我能分辨左手和右手，可是怎么分辨左和右呢？

记忆到这里就断了，已经挖到了小学两年级。印象中接下来是挨了一记耳光。当时懵懂而萌动的万和平没有能弄明白为什么挨了老爸的耳光，但是，以万和平现在的阅历和理解能力，他终于明白了，原来右手边就是右，左手边就是左啊。

万和平镇定了一下自己，举起了自己吃饭的手，然后叨念道：右，心在左。

然后他捂着自己的心，和摔倒在地上的人一样脸朝天，终于确定了对方心脏的位置。连忙用手摸上去，摸了半天还没能摸出心跳来，万和平想完了，这下死人了，想着想着马上自己心跳加速，胸口发闷，估计已然是超过了两百跳，真恨不能从自己这里匀一半心跳给那个死人。

此时，地上那人半坐了起来，说：痛死我了，快看看有没有血?

万和平说：有点，有点。

那人一拍地，说：哎哦，我这个人不行了，走路想心事，撞到了电线杆上。每个月都要出血，月经啊月经。

万和平一拍那人的肩膀，说：你也不要太自责了。

那人继续说道：今天我从单位退休了，边走边想这以后没工作了怎么办，一想，就入神了。

万和平说：退休了就享福啊。

那人道：还是工作好啊，我老伴死了，爹妈三十几年前就没了，没生出儿女来，还是工作好，我这人一工作，就什么都不顾了，我提出要让单位返聘我，单位没能接纳，说，我这工作是讲究精密的，岁数大了容易出错，还是小伙子好。

万和平听得心酸，又想马上脱身，安慰道：老人家要发挥余热啊，一看就知道您是搞研究的。

那人说：是啊，我这工作，出不得一点差错。

万和平问：您什么工作啊?

老人道：我是中国可供砍伐植物研究所的研究员，负责植物观察。明年研究所就要升研究院了。

万和平惋惜道：那您明年都可能是院士了。您具体做什么工作啊?

老人擦了擦眼睛道：我是树龄员。

万和平想当然道：那可需要很强的植物知识和经验才行，得判断植物的年龄，每种植物的特征都不一样，是专业技术人员。

老人说：是啊，每次工作头都很疼，尤其是碰到几百年的老树。

万和平道：那老人家你是怎么判断树木年龄的呢。比如我们眼前这棵树，大概有多少岁了呢?

老人说：我们采取的办法，就是看。你想知道，我就告诉你。

万和平本来急着要走，结果被吊起了兴趣，说：您说，看看您说得准不准。

老人不顾脑袋流血，站了起来，从随身的大包里取出一把斧子，“嘿哟”一声，几斧子当街把树砍了。

万和平目瞪口呆。树缓缓向街边倒下，路上的车纷纷闪躲，树倒下还压断了不远处电杆上的电线和电话线。倒下的树干横在马路当中，一辆汽车没来得及刹车，当时就撞了过去，冲进了路边的橱窗，展车一样停得端正。一个人想凑近过来看看到底发生了什么，不幸一脚踩在裸露的电线上，当场身亡。另一个来抢救的以为是汽车撞伤，拉了一把，也死于非命。树两边汽车的刹车声不绝，路边每个人都拿起自己的手机在报警。

老人缓缓弯下腰，数了一遍，又复数了一遍，抬头对万和平说：十一岁。

万和平怔了几秒道：你早说你的工作是数年轮就得了。你还……我走了，再见。

说完连忙拔腿就跑。

在一片静止的人群中，突然运动的那人特别夺目。众人发现了万和平，大喝道：他，是他砍的树，抓住他。

万和平连忙从兜里掏出罐可乐，手扣在拉环上，大吼：谁敢过来！

众人连忙停住，后退三步，匍匐在地上。

万和平拉着老人穿过弄堂，到了另外一条路上，招了一辆出租车，对司机说：出城，到大山子。

万和平坐在出租车上，把拉环给拉开了，喝了几口，抹嘴道：太危险了。太危险了。一会过几个路口你就下吧。我回去了。这事跟我可没关系。

老人连声说：哦，哦哦。出租车拐了几个弯，司机对万和平说：妈妈的，前面堵车了，我看看，我操，一棵树倒在路当中。

万和平吓了一跳，连忙说：倒，倒，掉头。

司机说：那要绕点路喽。

万和平道：绕。

车子很快开出了城，万和平轻声道：算了，你还是跟我一起避避风头吧，免得说起来是我指使你砍的树。

打车到了城外，两人下车又转了辆出租车，到了学校门口。万和平连忙找到了大麦，大麦看着万和平带来的老人说：你这是什么癖好，别人都是带女人回来的。

万和平道：别提了，他在街上杀了两人。我带他回来避一避。

大麦重新打量了一下老头，说：这么狠，用什么？

万和平道：树。

大麦满脑子搜索了一下，印象里没有这个武器。万和平说了一遍事情经过，大麦恍然，说：这是个人才。

万和平把老人引来，问：你叫什么名字？

老人道：我叫刘小力。

大麦说：好吧刘老，你也知道外面现在肯定满世界都要抓你，你就暂时到这学校里教教书，我们都是支教的。你退休了，也闲不下来，这里属于支援教育，工资虽然少点，但你教一个徒弟要多少时间啊，这里一下就是几十个人，都是你的徒弟。

老人连声称是。

大麦转身问万和平有没有人看见你们来这了，万和平还没回答，老人过来忐忑不安道：我这心里不踏实啊，这该怎么办？

大麦抓了一把沙子往地上一洒，道：有多少？

老人连忙扶正眼镜，跪在地上，弓下身去逐粒细数。

在学校里要比大家闲置的时候忙多了，娄梯自己不用做枪以后开始专心研制炸药，并和学生一起实验。还有一个任务就是从那些高质量的从没有击发过的样枪里挑选一支，改成狙击。本来狙击都是由步枪改来的，但大麦的要求是不需要一公里外的精确射击，有个一百米就成了，所以只要挑选一支枪口初速比较高的手枪，把枪管加长以提高精度，再架一个瞄镜就可以了。

大麦把所有自然课交给了娄梯，娄梯自然把它上成了化学和物理课，反正都是听不懂，所以都一样。娄梯觉得给学生们讲鸟为什么会飞很无聊，索性自己想什么就和学生们讲什么，这节课教授的就是如何制作硝酸甘油炸药。

娄梯自己也没有做过，心中有很多困惑，生怕一不小心就把自己给炸飞了。万幸的是，浓硫酸，浓××正好在这所学校里都有。但娄梯没敢拿出来给学生搅拌，怕当地也有个泼水节的风俗就完了。但正愁没有苏打和甘油，娄梯想的是从学生那里获得，就像昨天的枪一样，所以当天就问学生，哪位家里有苏打和甘油的，带来了自然考试就加分。结果第二天带来的都是苏打水和鱼肝油。娄梯就着苏打水吃了鱼肝油就当给自己进补了，想这些东西还是要自己去弄，此时，他们的班长把甘油和碳酸钠带来了。

娄梯大喜过望，马上调配了碳酸钠溶液。这是最容易的一步。就当是调饮料了。学生们分为三组，一组负责观察温度，一组负责去弄冰块降温，还有一组尽情地玩，当然，这就和枪毙前尽情地吃是一个性质，因为他们要负责把硝酸甘油滴到碳酸钠溶液里。

过程非常地顺利，因为哪位学生弄爆炸了，则期末考试要扣十分。当然，这人能不能见到期末考试的试卷都是大问题。因为学生们不知道自己做的东西具体是干吗的，所以心里没有任何压力，手也都稳，而且学校实验室大，原材料多，不到一天就超过了计划。学生都兴高采烈，娄梯也承诺，到期末考试的时候每个人都加十分。

然后这么多的硝化甘油就成了问题，首先要把它的性情稳定下来，你不能拿着试管上战场，最后用什么来稳定硝化甘油的情绪有待商榷，但肯定不是居委会大妈。这一天就这么过去了。

到了晚上，所有的人聚在操场上烧烤。烤的是一头猪，这头猪是从山脚下乖僻的老头那里得来的，他养了很多条狗，关在一起，打算吃肉。按照他相信的一个传说，养十条狗，满一年，杀了分十天吃，每吃一只就能延年一岁。他唯一的宠物是一头猪。这头猪天天洗澡，白白净净的，老汉每天都要遛它。但是前几天老汉老死了，十条狗跑得无影无踪，只有这头猪流浪到了学校里。

篝火点起，洪中第一个站起来说：我们有发电机了。今天晚上我们要用它发电。

众人欢呼，都问他何以这么快用沙滩车的发动机做了一个发电机，洪中回答道：街上买的。

大家一阵嘲笑。

哈蕾起身给大家唱了一支歌：

一条大河波浪宽
风吹稻花香两岸
我家就在岸上住
听惯了梢公的号子
看惯了船上的白帆

姑娘好像花儿一样
小伙儿心胸多宽广

大麦起身用盖过哈蕾的声音和声：

为了开辟新田地
唤醒了沉睡的高山
让那河流改变了模样

这是美丽的祖国
是我生长的地方
在这片辽阔的土地上
到处是庄稼
遍地是牛羊

听罢众人又鼓掌不已，大麦也觉得自己的最后两句耳熟别扭，说道：无妨无妨，很多名贵狗也都是杂交出来的品种。

听着这话麦片笑得特别欢。麦片在从良以后的几天表现得比幼女还要稚嫩。女人就是有种将一段一段生活隔断的本领，当女优的时候优，从良了以后良，总之什么时候都很优良。麦片似乎从来都不记得自己以前做过的事情。生活实在是最无辜的事物，它明明最公正，却被无数人用作自己做坏事的借口。一切都是生活所迫，而生活却从来没被抓住过。当然，麦片干的不是坏事。这只是一个职业，有人偏偏喜欢干这行。比如王智。从某种意义上来说，和一个妓女谈恋爱，那是赚了，想得再开点，还能想出点优越感来，你们都要花钱的东西我不用花钱，那岂不是很好。

麦片此刻依偎在王智的怀里听着自己的偶像唱歌。而米旗正在想着他的秦艺。他肯定是爱上了秦艺。他觉得当时他应该义无反顾用自己赚的八千块钱把秦艺赎出来再说。可是赎出来了以后能做什么呢，自己又如何去空手赚钱呢？米旗突然想，秦艺这么好看，说不定可以八万块钱给卖了。这样一个进出，自己就赚了七万二。

石山到现在所有的事也就是做了一个笼子。平时就写几首诗，抒发抒发自己的小感情。石山也从来没有谈过恋爱，没有遇见过自己喜欢的姑娘，他觉得这世界上一切事等都是必然，一般抱着事等必然这种想法的人，必然等事，所以，他就很少自己有所活动。他说他的命里三十岁的时候才能遇到合适的女人，对此他深信不疑。也不知道是不是命托梦告诉他的。他的信念之坚定，让人觉得就算他现在判了二十年，他都将会在那年去监狱里找个人相好，哪怕同志一场。什么叫所谓的命运掌握在自己的手里，就是扯淡。看看说这些话的都是些什么人吧，他们太卑微了，什么都不能掌握，所以假装掌握着自己的命运，让自己什么时候谈恋爱就什么时候谈恋爱，什么时候吃饭就什么时候吃饭，什么时候大便就什么时候大便。这并不叫生命掌握在自己手里，这充其量就是生理掌握在自己手里。生命以及其运是自己最不能掌握的东西，或者说，人只能绝对保证掌握他如何走好坏的一面，而永远不能有把握地让他走向好的一面。石山比相信自己能改变命运的人更惨，那就是相信命运。至少那些人忙忙碌碌没空瞎想，石山却终日不做任何事。就算人相信能中彩票，也至少要买一张试试吧。于是，他写起了诗。

石山是大麦的朋友，大麦让石山做两个木头房子。大麦说：以后带女人回来了，就要分开住了，但不能占用学校的资源，所以就在学校里搭房子。这两个小房子，很快就能搭出来，一个属于大麦和哈蕾，一个属于王智和麦片。其他人还住在宿舍里。女人是摆脱群居生活的唯一理由。

虽然谁都没说大麦和哈蕾、王智和麦片在谈恋爱，但这似乎已经没有什么可谈的了，既然带了过来，就没有更好的办法。土地这么便宜，房子不用花钱。

石山朗诵了自己写的诗，突然间，一只手拍在了大麦的背部。大麦右手猛扣住那只手侧身一拉，左手趁那人没站稳抄住了小腿，一扳那人就摔了下来，大麦一看空中是刘小力老爷爷，连忙接住。

刘小力丝毫没有理会，坚定地说：八十七万四千六百二十四颗沙子。

万和平连忙道：你还真的去——

话说一半被大麦阻止了。大麦说：你验算过没有？

刘小力回答道：没有。我们所里要求百岁以下进行一次验算，百岁以上两次验算，百以上的名贵品种三次验算。你这是万以上了，没有这个规定，我就没验算。万以上虽然算百以上，但我觉得除了我也没人愿意数了。我好饿。

大麦连忙把自己手里的猪腿给了刘小力。刘小力吃着就哭了，说自己家还养了一条狗，他不回去估计得饿。

大麦说：这样，你把地址告诉我，我让人帮你去取，万一今天现场有人认出你来了，那你家肯定被监控了。

刘小力道：我收养这狗已经八年了，它每天都要送我去上班，八年前，它还有四条腿，出了两次车祸，现在只有两条腿了。我要是不回去，它肯定得从门洞里出来找我。

大麦说：那我们先缓缓，不定那只狗自己就找过来了。

刘小力无限惋惜道：不可能的，太远了，找不来的。

这时王智跑过来道：操，门口送上来一只鸡。

一听这话，麦片特别紧张地看了一眼。

刘小力一看，激动得站了起来，召唤一声：狗！

大伙定睛一看，果然是只两条腿的狗。

狗跳着冲向了刘小力。刘小力无限疼爱地爱抚着狗。大麦问他：这狗叫什么名字？

刘小力看也没看他一眼，说道：就叫狗。

到了白天，学生们准时到了学校。这天的课是麦片上的生理卫生。在新社会，是妓女得解放，然后上学堂。在新新社会，这是妓女解放了以后直接当老师了。麦片瞄了学生们一眼，觉得也没什么可以教授的，学生们的生理都够卫生的，正犯愁间灵机一动，就改成了解惑的形式，学生们有什么不明白的直接问就可以了。结果下面还是一片寂静。麦片觉得这样不行，没有气氛，愁得点了一支烟，问：谁是一号？

班长站了起来。

麦片吐口烟道：怎么永远是你啊？

班长说：我是一号。

麦片道：好，那你就带领同学们，你有什么问题要问的吗，就问。必须得问，你问好以后轮到二号。

班长问道：老师，什么是生理卫生课?

麦片把烟掐了道：白痴，老师起那么早，别的老师都还在睡觉，你们连什么是生理卫生都不知道？生理卫生就是教育部门要让你们知道，哪该插哪不该插，上床得戴避孕套，但不方便直接告诉你们，特地开的一门课。中心思想我刚才已经说了，其他的都是帮忙能凑满课程的内容。不过这是初中的课程，你们几年级啊？学这个是稍微早了一点，也怪不得你们。下面老师就跟你们说生命的起源。你们知道你们是怎么来的吗？2号你说说。

2号小男生站了起来，大声道：爸爸妈妈说，我是——

麦片打断了2号，道：你说话小声点，这么大声让人听见不好。你爸爸妈妈能说什么啊，你是从船上捡来的？你是从肚脐眼里生出来的？你不用脑子想想？你是……

2号打断了麦片，继续大声说道：我爸爸妈妈说，我是他们性交的时候精子和卵子结合，在子宫里受孕，十个月以后从妈妈的阴道里生出来的。

麦片大吃一惊，脸红了一下，想教育不成被反教育了，这是做老师的最不能容忍的事，连忙打断道：胡说，孩子明明是从肚脐眼里生出来的，十月怀胎，就近出生。

所有的学生都情不自禁撩起了衣服，看了看自己的肚脐。

2号学生苦着脸拿出初中课本，说这是课本里说的内容，他想当课代表，所以问哥哥借了本书预习了一下。

麦片见对方的论点得到了强有力的证据支持，不由更加生气，抄过2号学生的书仔细查看了一遍，说：看看，这是前年出版的书，今年已经不是这样了。人类进步了。

麦片停了停，喝了口水，想自己太有误人子弟的才能了，除了当老师，没有更好的选择。为了让课堂更加丰富，麦片加入了美术的元素，让所有的学生都画画，画精子卵子的样子。还没开画，她又想出了表演课，选出全班最好看的女生，然后让所有的男生都站在操场的一角。麦片在楼上大叫一声：射了。所有男生都拼命往前跑，跑得最快的那个就率先进入教室，可以和在教室的最后面的扮演卵子的女生结合。

在这个游戏项目里，所有的男生都很激奋，因为老师说了，不能结合的就要死掉。虽然是表演一场，但谁也不想这样默默无闻地死掉。体育课早这么上的话，学生的体质就大大增强了。最后是班级里最强壮的两个同学几乎并排冲上了楼，其他同学有的走错路，有的摔一跤，有的虽然速度差不多，但没能挤上楼。其他落选卵子的女同学都在窗口看着欢呼。

最后两个壮男顺利上楼冲向教室门口的时候，所有女生都报以了热烈的掌声。两个精子满脸通红，所有的人望眼欲穿，眼看着就要卡门，突然间，一个男生没有进教室门，径直冲向前去，到了后门破门而入，一开门就看见卵子愣在原地，他一把抱住，卵子一看见后门被轰开，当时就受惊加受精了。从前面进来的猛士还差几步路，毕竟课桌还妨碍了脚步，他气得捶胸顿足。

麦片等剩余的精子溜达回来，定神一看，受精卵还在那里抱着呢，连忙上前把两个小男生女生分开，训斥道：你们有完没完。你，男的，你学号几号啊？

男生懵道：11号。

麦片生气地戳着他的鼻子骂道：能走后门吗，能走后门吗？啊？你说，老师规矩怎么定的？老师以前工作的时候就特别讨厌要走后门的人，你这算什么？这个能让卵子受精吗？你路都没走对，你这是肛交你懂不懂？你吃屎去吧。

说得11号当场痛哭起来。

麦片然后把女生叫了过来，继续训斥道：

你，你也不看看清楚，哪来的你都要啊，你眼睛看着前面，前面进来的那个才是，你稀里糊涂的，怎么行？

麦片强行堕胎了以后，说道：你看，同学们，现在你们明白了受精的过程了没有？想要不受精，最好的办法是什么啊？

所有同学异口同声道：走后门。

麦片嗓门马上提高八度，说：不是，同学们回忆一下，精子是什么时候开始往外面跑的啊？

学生们大喊道：老师喊射的时候。

麦片点头赞许道：对了，所以说，如果不要射，就好了。还有一个办法就是使用避孕套，下面老师来让大家知道，使用避孕套怎么样才能避孕。来，所有的男生回到刚才的操场上，这次所有的女同学都是扮演卵子，男生还是和刚才一样，老师说，射了，同学们就往前跑，现在男生比女生要多一点，所以，跑在最后的就没有办法了，只能死掉，但在最前面的都能有卵子可以结合，而且跑的最快的那位同学，还能挑选卵子。不过，为了更加的真实，这次冲上楼前，同学们要绕着操场跑三圈。同学们明白了没有？

11号擦干了鼻涕，大喊道：明白了。

麦片轻轻拍着11号的肩膀说，小弟弟，这次不可以走错门了，明白了没有?

麦片一母性关怀，11号又抽泣了起来，断断续续道：明，明白了。

男生又回到了操场上，麦片在窗口大喊一声：射了。所有男生以更加猛烈的气势往前面冲去，为了争夺杆位发车，还没开始有的就已经打了起来。麦片在窗口默默感叹道：太真实了。

跑操场三圈的时候已经基本排出了胜负，还是11号跑在最前面。麦片在窗口道：11号同学体育很好嘛。

周围很多女同学反对道：不是的老师，他体育跑步都不及格的。

麦片一听，低声骂了一句：真是个流氓坯啊。

不一会儿，11号领先群雄开始上楼，女同学开始有点骚动。麦片小跑几步，把教室的门都关了，并上了保险，还把窗户都关上了。锁上最后一扇窗的时候，11号的脚步声已经清晰可闻。

麦片退后三步，屏息，所有的学生都侧耳凝神，突然只听“砰”一声巨响，11号重重撞在了门上。

所有的女生释然，开始小声议论。

11号大力敲门，麦片没有回应。

麦片转身凝重地对学生们说道：同学们，你们看，这就是戴避孕套的好处，一般而言，男生都不喜欢戴避孕套，但女生为了自己的安全，为了不要有小孩子，都要要求男生或者强迫男生戴上避孕套。明白了吗？

所有的女生都非常形象地理解了。11号在门外大喊：开门啊，不开门我怎么进来啊。你们开门啊，赖皮啊。

麦片继续对教室里的女生说道：同学们，你们看，不要被男生的言语所欺骗，一定要坚持。

女生们纷纷点头。

麦片走到门前，大声喝道：你能进来就自己进来吧，自己想办法进来吧。接着对女生说道，放心，他进不来的。

这时候，门外已经聚集了几个男生。11号气喘道：老师说的，可以自己想办法进去，这是个考验，说不定过了可以考试加分。

其他男生问道：怎么办？

11号坚定道：撞门。

然后门外几个男生开始撞门。门上面的石灰开始脱落，门框也有点松动。麦片连忙让女生搬桌子，不到半分钟，门前已经堆了十几张桌子椅子，被堵得严严实实，任凭如何撞击也再没有移动。外面撞门的声响也开始变轻。几下后，就没了动静。

麦片得意道：女生们看，这就是戴两只避孕套的好处。

女生恍然大悟，都举手表示，以后一定要让男生戴两只避孕套。

一个小女生幽幽然问道：那么老师，我能不能让男生再多戴几只呢，戴十只呢，是不是越多越好呢?

麦片怔了一会，回答道：并不是这样的。一般来说，一只已经很安全了。而且，避孕套很贵的，好的要十几块钱，几十块钱一只，所以，买多了会浪费钱的。

那个女生鼓着嘴坐下了，想了一想站起来说：老师，我以后一定要好好学习，找到好的工作，赚很多的工资，每次都要让男生戴十只避孕套。请老师监督我吧。

麦片不知道说什么好，安抚道：好好好，你真是老师的好学生，到时候老师一定来看。老师都还没见过戴十只避孕套的。

班长突然大叫一声：你看。

麦片回头一看，11号已经爬在了窗口，手里举着一块砖头。麦片还没来得及阻止，教室的窗已经被砸开，玻璃掉了一地，女生吓得“哇”一声四处散开，麦片自己都吓了一跳，11号不顾玻璃残渣扎手，从里面把窗销子拔了出来，推开了窗，大声欢呼一声，跳了进来。女生吓得乱叫，十几个卵子抱成一团。11号没有犹豫，推开面前的课桌，生怕被后面的精子抢了先，几步跨上前去，一把抱住麦片，大笑道：成功喽，成功喽，老师受精喽，老师受精喽。

麦片脸色难看了一秒，迅疾又一记耳光把11号打在地上，骂道：你流氓你日本毛片看多了啊。

麦片迅疾宣布生理卫生课结束。学生们吃饭等待下午的体育课。

到了下午，大家都在商量让谁去上体育课。给小学生上体育课是件很没有乐趣的事情，小学的女生还没发育完善，体育老师看着也没有什么意思，而小学生的活动也没有什么参与性，最多也就是让学生做做操。不过不能一天到晚放任学生自由活动，这要是让哪个家长知道了，肯定会闹到学校。

大麦说，石山有着灵巧的双手，可以去教学生做做操。

石山忙说不行，自己在做木屋，实在是没空，他的想法里，两个木屋要在两天里做出来。大麦立即转而指定了老头刘小力，说这可以帮助老头变得更年轻。老头连声否认，说自己穷极一生追求的都是让自己更加的老资历，这样可以让年轻的员工更加敬佩他。谁说他年轻他和谁急。况且，老头说要帮忙石山去山上砍树，他是砍树劈柴的高手。

再问下两个女的，都说不行，麦片是刚上完生理课，哈蕾是正在生理期。大麦自己也不愿意，左想右想，刘小力养的狗跑进了他们的视线。

大麦眼睛闪光，说：就是它了。这狗只有两条腿，蹦蹦跳跳的，它干什么学生就干什么，让学生跟着狗学得了。

刘小力略微担心道：让学生跟着一只畜生学，那好吗？

大麦一挥手，道：这你大可不必担心，学生已经很习惯跟畜生学了。

就这样，下午的体育课由刘小力的两条腿的狗——狗，来担任老师。大麦抱着狗来到学生们的面前，对大家说：立正，稍息。好的，同学们，今天经老师们探讨，体育课开创了一个新的模式，由动物来担任老师。同学们，看，这是什么？

学生们异口同声回答道：鸡——

刘小力在远端听着心里感想万千。

大麦纠正道：不是的，这不是鸡。这是狗。

同学们一阵骚动，这无疑挑战了他们的世界观。

大麦继续辅导道：这世界上，不是两条腿的动物都是鸡，以后同学们的思维不要那么局限。大家再想想还有什么动物是两条腿的？

同学们马上回答道：狗……

大麦只得继续循循善诱道：同学们，狗是四条腿的。看，鸭子就是两条腿的，鸟就是两条腿的，还有什么是两条腿的？

同学们想了半天回答道：老师。

大麦一看自己，不得不点头称是。

同学们的兴趣完全在狗身上。大麦把狗放在地上，说：这是西方国家上体育课的模式，现在的体育课，老师已经不参加了，都是由动物来代替，比如在澳洲，体育课就是袋鼠上的，而在南极，体育课就是由北极熊上的……

说到这，大麦环顾了一下四周，看同学们听得入神，没有人提出质疑，于是继续说道：所以，所以，老师带来了这种先进的上课的方法。那就是由畜生来上体育课。老师会在高处看着同学们。狗老师做什么动作，同学们要跟着做什么动作。做得好的，加十分。同学们说，好不好？但大家不准打狗老师，不准喂老师吃的。

同学们都拍手叫好。

大麦宣布开始以后，自己退到一边看了几分钟。刘小力的狗一开始被这么多人吓坏了，站在原地一动不动。后来东张西望了一阵子。学生们都跟着一起活动了脖子。然后这狗开始到处跳跃，学生们跟在后面整齐地跳着。大麦看着觉得放心靠谱，就去了拐角看石山正在搭建的房子。

石山先挖了两个很浅的地基，木质的房屋轻，而且容易被腐蚀蛀坏，所以地基不用那么深。旁边堆了一些木板，是已经经过刨制的。石山说应该去买涂料来隔绝空气，大麦表示这是临时的房子，没有必要了，还是早点搭起来比较好。这些木料准备好后，还需要再去山里砍一次，因为要搬运，所以基本上所有的人手都得跟着一起去。大麦说：不用这么多人一起去，永远不要把所有的人都派去一个地方。这样，你问人借个板车，让洪中开着沙滩车跟你和刘小力一起去就行了。一次应该能运几根树干。比人搬要快多了。而且你把学校周边的树先都砍了吧，不要让周围有比这个学校更加高的地方，除了地势。这样不好。

石山应了下来。和洪中一起去借板车了。大麦转头顺便看了看学生，发现所有的学生都蹲在地上。走近几步，发现都脱了裤子在拉屎。而刚拉完屎的狗则眼睁睁看着这么多人在面前大便，一时间不知道该做什么好。估计这情景也改变了它的狗生观。很快，几个学生哭了起来。裤子没提就走到了大麦的跟前，说：老师，我拉不出来。

大麦一时不知道说什么好，正要开导，突然狗闻了闻自己拉的屎，吃了一口。

这下学生们不知所措了，都看着大麦。一个学生惊慌失措喊了出来：怎么办，体育老师吃屎了！

大麦正要开口，一位猛士豁了出去，趴在地上低头要吃。大麦连忙阻止，说：停，停停停。

那位学生嘴唇上粘到了一点，用舌头一舔道：老师，难道不加分了吗？

大麦道：算了，你们只要把操场清理一下，把屎弄掉，就每个人加十分。

未遂的学生道：可是老师，你说了……

大麦打断道：你不用说了，你们以前接受的教育就是吃屎，已经吃得够多了，所以就不用当着我的面再吃了。以后也不可以当众拉屎，这是规定，你们校规里有没有不准在操场上大便啊？

班长道：有的，我们校规要背诵的第一条就是不准在操场上大小便。

大麦汗颜道：还真有啊，那好吧，那就遵守校规，中国的土地已经够肥沃了，不需要你们再浇灌了。现在下半堂课就是清理。好，开始。

然后只见每个同学轮流用铲子铲了自己拉的屎往厕所里跑。哈蕾在厕所前的一棵大树下自己谱曲子，完全不管周围运输屎的同学。有的同学因为是硬拉，所以没拉硬的，都还是稀，所以不知道具体所在，铲了不少土。土掉了一地，大麦生怕弄脏了哈蕾，过去对哈蕾说：哈蕾，你挪个地方，我们正在铲屎。

哈蕾说：哦，那我到操场上去。

大麦说：别，那里都是屎。

哈蕾抬头说：那我去楼上吧。

大麦说：行。

哈蕾徐徐上楼。大麦看着她上楼，自己的周围穿梭的都是铲屎的孩子，觉得世界顿时升格了。这样的一个女人，精神受过刺激，没人确信她好了没有，或许她一直是好的，只想唱歌，对任何事情不闻不问。不似大麦以前结识的女人，她们总是要知道大麦的行踪和想法，关键是有些时候连大麦自己都不知道，所以不胜其烦。哈蕾从来没问过大麦要来这里做什么，甚至没问为什么操场上都是屎。这已经不是爱情的范畴了，这是比爱情更加致命的好奇心。哈蕾完全在自己的世界里，关键是这个世界里还有大麦，但没有诸如未来和屎之类的事物，这让人无比轻松，反生挂念。

大麦随着哈蕾上楼。哈蕾问大麦：你不要把我刚才站在下面的那棵树给砍掉了，我非常喜欢它。

大麦说：放心，不过按照风水，那树是必须要砍掉的，你看，我们的学校是四周围合的，当中有一棵树，那就是“困”字。困总是不好吧。不过你说不砍……

哈蕾合起书本说：对，我困了，你不说我真想不起来。我去午睡了。

这天是学生们回家前的最后一天，因为这学校本身就是寄宿制的，但学生的宿舍一直没有搬好。本来的宿舍是在一楼，大麦要求要全部搬到三楼，这意味要把教室从三楼搬下来。

在放学前，大麦要求学生们对自己的父母说，不要经常来探望他们，这样会被别的同学嘲笑的，探望越少的同学，扣分就越少。每探望一次都要扣五分。

同学们回答道：自己的父母从来不来探望的。

这天的晚上，繁星齐上。大麦和哈蕾走在学校里，大麦告诉哈蕾：你上次说，这树要在这里，我想了想，觉得行，我把我自己的玉器埋在树下面了。这树就当我送你的礼物。这玉就当我给你的信物。

哈蕾看着大麦道：我从北京来的。你知道北京吗？

大麦说：北京怎么你了？

哈蕾说：北京只知道上我。

大麦安慰道：没事，没事，到了这里就好。以后你就在这里别回去了。

哈蕾说：好，我就写歌教给同学们唱。你说过我可以做音乐老师以后，我就一直在写歌。我很喜欢爱情歌曲，可是我不能，我要写儿歌。

大麦说：没关系的，你随便写，随便教。对他们来说，儿歌就是爱情歌曲，爱情歌曲就是儿歌。

哈蕾抬头望星，道：还有，这事什么时候完结呢？

大麦不解道：什么事？

哈蕾喃喃道：你知道不知道我在北京的真实经历？

大麦说：当然不知道，也没敢问你。

哈蕾笑道：太恐怖了，太恐怖了，比现在把你一个人扔在海里还要恐怖。

大麦搂紧哈蕾道：那就不要说了。我们这里离海有两千公里。

哈蕾越笑越瘆人，说：你要是将我埋在这里，说不定千万年后这里也是海了。

大麦没说话，把周围的灯打开说：我觉得你根本严重正常，你别再这样了。

哈蕾低头回想，说：我正常啊。但我总觉得有力量拉着我，但他只拉到我的衣服，我觉得你们听不懂我说话，我让你们不要这样，你们从来都不会停。你们永远都不会停，哪怕换了人，你们永远都是这样。所以，你们既然听不懂我说什么，那我就说你们听不懂的话，可是你们却全又说，你们听懂了。你们听懂了。

哈蕾继续道：其实，我可以让星星坠落，你看，掉下来。

刚说完，天空西边一颗流星划了下来。

哈蕾指着东边说：你看，掉下来。

大麦看见东边又一颗流星坠落了。

大麦大惊，连忙阻止了哈蕾，他怕哈蕾再这样下去一发不可收拾，祸及太阳系八大行星，或者月亮。大麦眼看墙壁上爬了个虫子，连忙放到手里拍死，对天道：这是祭天的。

哈蕾说：你看见什么了？

大麦说：有效，有效。

哈蕾说：我每天都这样对星星说话，让它们掉下来陪我说话，可是从来都没有东西掉下来过。

大麦问道：那你刚才没看见什么东西掉下来吗？

哈蕾说：我只看见一个虫子掉下来，被你拍死了。

大麦挠头再看了看天空，因为初看的时候没有点名，现在也不知道有没有星星缺席了。难道是自己被催眠了。大麦越想越困，和哈蕾抱着睡了。

再一天的课程就是政治。政治课更加没有人愿意去上。所有人想出的办法是猜拳，但猜了十个回合，全是平局。这概率吓了大家一跳，普遍认为政治果然是碰不得的东西。但既然课程表上是政治课，大麦只好派遣出寓教于乐的广受学生欢迎的麦片老师再去上政治课。麦片上课上出了点小兴趣，思前思后，终于答应了。

麦片去了教室后开始点名，但没点名她就发现11号男生没来。麦片问班长道：11号同学呢?

班长咬着手指头说：不知道，同学们都没有看见他。

麦片有些许愧疚，想该不是自己一个耳光把11号给打走了。转念一想不至于，11号那样的人肯定成天挨妇女耳光，早就该习惯了。

于是麦片摸了摸讲台下，那里有着大清早娄梯新安的一个铃铛，只要一按这个铃，就说明出现情况，大麦等人就会来到教室里。

但娄梯的技术明显没怎么过关，这铃声仿佛不是通过电力来传递的，迟滞了五秒才有所动静。远处楼下传来清脆的铃声。

班长马上一个激灵，站了起来，说：下课。

麦片还没来得及阻止，学生们已经乱成一团。麦片不得不再按了一次铃。班长马上大喊道：上课。

麦片暗地骂了一句机器，王智和大麦已经冲了上来，破门而入。

坐在下面的学生们刹那间都面露敬畏，叫道：大精子，大精子。

王智问道：怎么回事？

麦片说：11号男孩找不到了。

大麦上前说：这样，你先把这课上了，我们再等等。这课结束了以后如果11号没来，我们就去找找。你先问问同学有谁知道11号的家在哪里的？

班长站了起来，说：我知道。

麦片开始授课。因为麦片也不知道什么是政治，所以自己也犯迷糊，但在做小姐的时候接触过不少当官的，她就觉得应该从当官的开始讲起：

同学们，这门课是应教育局要求开设的一门课程，叫政治。谁知道政治？

一个男生“嗖”一下站了起来，说：我知道，郑智是个踢球的。

麦片还在隐约担心11号是被自己吓跑了，所以决定采用鼓励的政策，只要不上前耍流氓，就一概赞美。麦片上前摸着小男孩的头，说：你说得真好，踢皮球就是政治的一部分。当然，除了把问题踢来踢去以外，还有什么同学有补充的吗？这位同学说得很好，一看就知道很聪明。

男生拍马屁道：谢谢老师。老师真漂亮。

麦片听得心花怒放，笑着上前情不自禁捏了一把男生的小鸡鸡娇嗔道：你嘴真甜。

手刚放开突然一身冷汗，自己把自己吓一跳，环顾四周发现同学们都看着自己，不禁后悔自己不小心把职业习惯都使了出来。连忙对那个男生说道：你拉链，拉链没拉好啊。老师帮你把拉链拉好了，所有男生起立，检查一下自己的拉链有没有拉好。

所有男生“刷”一下站了起来摸了摸。

麦片严肃道：拉好的举手。

没几秒所有的手都举了起来。

麦片踱步到讲台上道：小组长，都检查一下。

于是四个小组长都站了起来从最后一个检查了过来。一个小组长小跑到麦片跟前，说：报告老师，这位同学没拉好拉链。

麦片到那同学跟前，问：你几号学号？

那同学害怕得缩了缩头，细声说：38号。

麦片责问：你为什么不拉好，在自己检查的时候又为什么没检查出来？这里是教室，你存心来耍流氓是不是？

38号回答道：老师，老师，我拉链坏了。

麦片语气强硬：怎么坏了？怎么坏了？老师看看。

于是蹲下身去拉了拉38号的拉链，发现果然不能拉上了，麦片想仔细看看能不能修复，把拉链拉到最下面，提着拉扣正在对链子，突然觉得不对劲，她站了起来，扇了38号一记耳光，骂道：流氓，你怎么硬了。怎么可以硬？你对老师抱着什么想法，快软下去，听见没有？

38号吓得当场就哭了起来。

很多学生的脑袋凑了过来想看看 38号究竟怎么了。

麦片气愤地走上讲台，说：38号的拉链修不好了，班长，你去楼下石山老师那里拿大力胶，老师给他的裤子粘起来。

班长一溜烟下了楼。

麦片气愤未平，道：这是什么课来着？

同学们同声喊道：这是政治课。

麦片回了回神，说：对，老师想起来了。政治课。政治是个很深的学问，政治的要领就是在公众场合一定要把拉链拉住了，不能把鸡鸡露出来，不能让大家知道你的底细，明白了没有？

学生们扯开嗓子喝道：明白了。

班长跑上楼，上气不接下气，把大力胶交到了麦片手里。

麦片到了38号前面，说：自己把裤子粘好。老师不来帮你粘了，怕粘着粘着你又硬了，不小心和裤子粘到一起去。

38号一脸委屈，拧开了胶水。

麦片回到讲台，说：同学们，我们继续开始上课。哪位同学的父母是做官的？

班长先把手举了起来。

麦片说：好，班长，你说。你们全家都做官啊。连你也是官啊哈哈。

班长站起来道：老师，我的父母不是做官的。

麦片脸色一愠，说：你倒是很积极啊。还有同学回答老师的问题吗？

38号站了起来：老师，我叔叔是做官的。

麦片问：是什么官啊？

38号道：是城里统战部的部长。

麦片一时间不知道统战部是干吗的，但既有“统”字，还带“战”字，不由觉得此部门非常了不得。连忙问：这位同学是说真的还是假的？

38号说：真的，我铅笔盒里有照片，爸爸说，有人欺负就把照片给那个人看一下，说你叔叔是个当官的。老师，给你。

麦片连忙阻止，说：不用，老师来取，老师来取。这位同学，老师做的一切都是为了你好，你明白了吗?

38号眼眶又红了，说：明白的，老师。

麦片拿起照片，说：哪个是你叔叔啊?

38号说：这个是他们城里干部出去旅游的合影，这个是我叔叔，我叔叔带了我去，你看这个，露出了头的就是我。那个时候我还小。

麦片仔细看着照片。

38号取出放大镜，说：老师仔细看，就是这个。

麦片拿着放大镜，到了阳光下自己看。这一仔细吓了自己一跳，原来这就是领导班子啊，有一半都来过麦片原来的店里。麦片都没顾上看38号的叔叔，就沉浸到以前的回忆里去了。不幸的是他们似乎都不怎么行，加上麦片活儿好，这一半二十几人全加在一起的时间都不超过一个课间休息。想着似乎也没什么美好的回忆，除了啤酒肚就是他们身上的腐烂气味。麦片不由直恶心，站着傻在原地。突然同学们一阵惊呼。

麦片回过了神。

班长大叫道：老师，着了。

麦片困惑道：着了？什么着了？

班长说：照片，照片冒烟了。

麦片低头一看，猛然发现因为放大镜在太阳底下形成的聚焦点在照片上的时间太长，焦了一块黑点，而且正要往外扩散，还生起阵阵白烟。麦片连忙把照片丢在地上，在学生们的哗然声里踩了几脚，看着没有烟了，弯腰捡了起来，吹了口气，用袖角擦了擦，交还给了38号，说：老师看到了，老师看到了。谢谢这位同学。

38号接下了照片，心疼得又用口水擦了擦。

麦片缓步走到讲台前，想自己应该说点什么。她觉得应该从大了说起，比如我们国家是个什么体制的国家之类，正酝酿着，突然台下暴发出了前所未闻撕心裂肺的爹妈死了都不至于的哭喊声。麦片连忙回头，发现还是38号。

麦片冲上前去问：怎么了，38号？

38号用不连贯的语句大声哭喊：照片……照……照片上……面……面……面，那个黑的……黑……的焦掉的一点是……是……我的头……

麦片夺过照片一看，果然如此，自己真是不凑巧全把光点对在38号的脑袋上了。

38号瘫坐在地上，说：我的护……身……符，没了，没了，哇……

麦片拍了拍他的肩膀，说：老师不是故意的。

38号说：我，我爸爸说，这照片，如果拿着去城里，如果违章了，违法了，只要，只要，只要拿出来，警察叔叔……叔叔就不抓了。我现在没了……没了……

麦片轻声安慰道：没有关系的，老师可以让人帮你PS一下的，把你的脸再PS上去，好不好?

38号稍微控制了情绪，问：那，那能一样吗?

麦片心里也没底，但嘴上说：一样，现在电脑的技术很发达，什么都能做。你这个算是最简单的。弄好后比原来还要清楚呢。

38号说：那能，能，能把我的头再放大两倍吗?

麦片坚定地看着38号，说：能，你如果喜欢，老师把你的头放大五倍。

38号说：不用，放大五倍的话，就太大了。谢谢老师。

麦片收起了照片，转身暗舒一口气，一本正经到了台前，问：同学们，我们回到上课的内容，大家知道，我们国家是个什么国家吗?

同学们回答道：是个地大物博的国家。

麦片又教学生们形象地理会了书本上的内容……

麦片宣布了下课，下课后，她去看了看38号，38号自己把自己粘得非常严实。麦片说：好，你看，这样，你的裤子就挺刮了很多，老师最讨厌一看见老师就把拉链拉开的人。照片老师过两天还给你，好不好？

38号点了点头。

下午的课是班会课。在班会课上，大麦先收取了所有学生的寄宿费用，然后交给了米旗，让米旗计算一下能够维持多久。紧接着的内容是要立新的学校的校规。班会课由大麦来主持，按照规定，所有的人都出席，包括体育老师。

大麦宣讲道：同学们，这个校规，是以前的，已经老了。现在同学们接受的教育，都是城里的，所以首先，同学们不要惊奇，不要对别的学校的同学讲你们的老师们是怎么开展教育的，因为如果别的学校知道了我们这样先进的大城市的教育方法以后，就会纷纷模仿，这样，同学们就没有优势了，同学们没有了优势以后，到考试考初中，同学们就不一定能考进城里最好的初中，明白吗？

学生们说：明白。

大麦继续道：现在的教育是很新的，你们里面的优秀同学，甚至可能直接跳过初中，进入大学，而且不是做大学的学生，而是教授，明白了没有？所以，千万不要对别人包括你们的家长说老师们的上课方式，如果老师发现谁说了，谁就肯定不能当教授了，明白了没有？明白了没有？

学生们纷纷点头。

大麦高声呼道：那你们小学毕业以后想做什么？

所有学生应声呼喊道：大学教授。

大麦说：好。现在我们开始改学校的规定。我们这个会议是很民主的，必须得到在场所有人的同意，才能通过。现在同学们把桌子都拼一下，拼成一个圆。

很快巨大圆桌就拼成了。

大麦随便挑了个位置坐下，招呼大家随便坐了以后，他站起来说：好，这个会由我来主持，大家什么都可以提。第一，我们校规要规定作息时间，我们的作息时间是，不一定，由老师自由宣布下课。为了方便集合，上课时间固定。老师想讲多点，就多讲点，老师不想讲了就下课。上午九点开始一节课，下午两点开始一节课，一天一共两节课。取消原有的眼保健操和广播体操。大家清楚了没有？王智，记下来了没有，简略一点，根据大致意思就可以了。好了，这条就是这样的，有没有什么不同的声音？有没有一次，有没有两次，有没有三次！好，没有。那我们现在开始第二条。

大麦喝了口水，继续宣讲：第二条是关于课程的安排。英语课现在取消了，以前的语文和数学，因为没有老师喜欢讲，所以改为副课，副课老师都是不上的，是同学们自修的。但考试的时候如果没考取，就要处罚。关于如何处罚，这里就不说了，因为现在我们讨论的这个是大的校规。就好比《宪法》，而那个是《刑法》所规定的，所以以后再定。主课就是：自然科学，体育，政治，美术，劳技，生理卫生和种植。还有学生们随时要参加老师规定的劳动实践和军训，而每节课的老师不是指定的，是随机的，我们的老师都多才多艺，而老师可以选择随意改课和新加课，明白了没有，有没有异议？有没有一次，有没有两次，有没有三次！好，没有，那就通过了。

第三条是关于学生的纪律。学生晚上九点一律睡觉，除非有重大体育比赛可以组织去村里阿婆家看。学生不可以随意进入老师的办公室和实验室，学生也不可以出学校的门。如果空闲时间要找老师，就按铃，铃在讲台的下面、厕所的门上、学校的大树上和宿舍的墙壁上，一共四个。在哪里按的，老师就出现在哪个点上。明白了没有，有没有不同的声音？有没有一次，有没有两次，有没有……

这时候刘小力的两条腿的狗突然叫了一声。

大麦说道：好，有了不同的声音，那我们就要认真听取。

大麦把狗抱了起来，问：你觉得应该怎么修改？

狗看着大麦直舔舌头，半天没有声响。

大麦把狗放到了地上，说：有不同意见的是狗。但它没说具体怎么办。那就睡觉改为九点半吧，有没有异议？有没有一次，有没有两次，有没有三次，好，现在没有异议了，通过这条。

大麦起身讲：好，现在是最关键的，就是划定每个人行政权力的高低。在我的想法里，我们最终要达到的目标是，就算没有外界，我们也可以独立于外界而存在。哪怕没有氧气制造氧气也要在。在原则上，每个人是平等的，但在权力上，必须有高低。我是这里权力最高的，所有人必须听从我的指挥，而在我的下面，则是王智、万和平、石山、洪中、米旗、娄梯六个老师，他们是平等的。麦片和哈蕾，她们是不在权力范畴内的，就是说，她们可以不受命但也不能令。我们下面是班长，班长之下是组长，组长之下是同学们。但是，权力是必须要有监督的，在这里，唯一可以监督并且可以修改我的命令或者撤销我的所有权力的就是同学们的体育老师。有没有异议？有没有异议一次……

此时，刘小力的狗兼同学们的体育老师又叫唤了几声。

大麦都没低头看一眼，说道：哦，各位，这个不是异议，这个是监督机构在宣誓。所以，刚才那条就通过了。

大麦走到窗口，看着窗外，道：好了，就是这么多，从明天开始，正式实施吧。下课加散会。

班长站起来问：大老师，大校长，我们晚饭怎么办？

大麦诧异地反问：你们中饭怎么吃的？

班长道：中饭是我们自己从家里带的，校长难道没看到我们吃？

大麦内疚道：哦，对对对。

班长说：我们现在寄宿了。

大麦一拍脑袋，说：哦，对，今天是你们寄宿的第一天，被子什么的生活用品是上学期传下来的，那上学期你们是怎么吃饭的？

班长说：是排队到前面一个厂的食堂里去吃的。

大麦问：那个厂呢？我怎么没看到。

班长伤心道：我们吃着吃着就破产了。

大麦语气慈祥道：别难过同学们，不是你们吃破产的。这样，这两天由老师去外面买了给同学们吃，等过两天种植课开展成功了以后，我们就在学校里吃，村里的阿婆给我们做厨师，好不好？

学生们踊跃着说好。

大麦转身对米旗小声说：你和洪中，开沙滩摩托去买盒饭，四菜一汤的，按一天两顿，可能要五十份左右，一份五元，就是一天五百，十天就是五千元。这么多，教育局有没有拨钱下来？

米旗说：只有我们的工资，一个月五百。吃喝都应该从学生那里收的。但我们的工资也被你捐了。

大麦一拍脑袋道：哦，对，当时有几个自以为助学很情怀的失恋的王八蛋和我们竞争，但我觉得一定要有个庇护场所，一狠心都没要工资，而且代你们全把字签了，就是你们都没有工资。虽然那帮王八蛋也表示可以把工资捐了，但还是只有我们得到了可以来这里助教的名额。

米旗问：你怎么干的？

大麦说：哦，那些傻瓜表示要捐给慈善事业，我就直接捐给教育局了。

米旗追问：那我们现在怎么办？

大麦道：我想想。

米旗突然想到了什么，说：嘿嘿，用枪。

大麦严厉制止：为几盒饭你还去抢啊。

米旗说：我们是卖，现在仿品都要一万多一支，真品至少要三万一支。

大麦说：不可。枪支是不能贩卖的。况且，到了敌人手里，我们吃亏；到了傻逼手里，平民吃亏。还是你再去想想办法吧，我先把学生交的住宿用的钱都给你，你再去赚点。留十天吃饭的钱，还有问一下娄梯，看看他需要的那些东西要多少钱。先给学生们买饭去，他们正长身体。

石山的木房子到了最后的阶段。石山表示，在天黑前，可以把房子建完。刘小力上前对大麦说：这可都是二十岁以上的木头做的啊。都是上好的木头。我给房子都编了号，你是1号，王智是2号，就看谁住3号喽。

石山边干活边接话道：我的命，要有个合适的，怎么都要三十岁了，三十岁我肯定不在这地方了，我就是成人之美，我就是给你们做嫁衣。我今年几岁了？我今年几岁？

没人接着石山的话茬。大麦一直在想今天似乎忘记了一件重要的事情，但怎么也回忆不起来。这事情肯定是计划外的，在纯的一堆重要的事情中搀杂的一件不纯的但一样重要的事。大麦一直试图追溯起源来唤醒记忆。就仿佛天亮醒来后夜里一个梦那么难回想，就算一梦三四年，也实在记不起梦里花落知多少啊。大麦在操场上来回走，还跳动几下，希望那事如同筛子里杂物一样被颠落出来。

正想着，班长跑了过来，对大麦说：大老师，大校长，11号让我给你一封信，他说要晚上给你。

大麦的记忆如同抽水马桶被疏通般爽快地畅通了，连忙问：对对，我正在想这件事情，11号呢？

班长说：早上来了一下就走了，他肩膀上挑了一根竹竿，竿子上挂着一只旅行包就走了。他说，他要去外面的世界。

大麦展开信，信是这样写的：

大校长，你好，当你看到这封信的时候，我已经不在了。我的兄弟和我的家人都外出去打工了，我也要外出去打工。外面的世界真精彩，外面的世界真无奈。啊！外面的世界真精彩，外面的世界真无奈。

大麦看完信后，气得往地上一扔，看着校门，暗自嘀咕：添乱。

班长拉了拉大麦的裤脚，说：大老师，大校长，背面还有。

大麦赶紧蹲地上展开信，看见背面果然还有字迹：

我要去的地方，是上海。我看了电视，上海是经济中心，北京是文化中心。老师，其实我去年一直在考虑应该要去哪里，考虑了一年我终于知道了，我还没有文化，所以只能去经济中心了，当你看见了这封信，我已经在火车上。同学们不要想我，我会告老还乡的！

班长也看完了这信，背过身对着星空挥了挥手，说：放心吧，同学们不会想你的。老师，校长，怎么办？

大麦说：老师会想办法的，你先回去睡觉吧，不要对同学们说。

班长哦了一声，上楼睡觉去了。

王智迫不及待地搂着麦片去参观他们的新房子。

其实有个房子是件非常容易的事情。多少女人嫁男人只为半套没有贷款的房子，只要两天就能搭好。房子的结构非常简单，两个隔间而已。对于这么短时间能找来这么多木头王智很是吃惊。石山说：这主要的功劳要归功于刘小力，他刘小力出大力，砍一棵树只要十来秒，其实可以更快，一天半就把房子搭好，主要的时间全浪费在数年轮上面了。

麦片在两天的教育中树立了威信。她在做妓女的时候最怕的事情就是育人，一育人就得有少则一个月多则十一个月不能做生意了。但现在她发现育人是件快乐的事情，能胡说八道不是最快乐的事，有一群人仔细听你胡说八道才快乐。麦片主动担任了照顾学生生活的工作。她上了楼以后仔细观察寝室，顿觉眼熟，和原来自己姐妹们工作时住的房子差不多。麦片不要求学生把被子叠成豆腐块形状，但是发现现在都是豆腐渣形状。学生们还在楼下集体刷牙洗脸。麦片就近挑选了一条被子，折了起来。

又一天。这天所有人都很兴奋，因为要测试娄梯做的炸药的威力了。娄梯把自己的手机拆了，把通信模块连接到炸药里，连同SIM卡，并做成了一个短路，希望以此可以实现遥控自己的炸药引爆的想法。为了防止在安装的时候就有哪个挨千刀的给自己打了个电话而作古，娄梯还做了一个开机装置，只有在确保要引爆的情况下，电话才能被接通。

这天一大早，大家都起床了。这天上午的课程是种植课，还是由麦片担任老师。而哈蕾也会在一旁帮忙。他们打算在操场的角落开辟一块地，种点蔬菜，这样至少可以自给自足。虽然通过计算，发现要让这么多人自给自足，这么一块地种着唯一够大家用的品种就是葱。但麦片依然决定要种青菜。

麦片拿着一棵青菜到了教室里，问同学们说：同学们，早，这节是种植课。你们都是农民的孩子，你们说，这是什么？

学生们答道：蘑菇。

麦片一脸不解，问：为什么？

学生们回答：因为头大。

麦片一听头就大了，觉得这些人看来不会种菜，看来利用他们的自身经验去帮着学校种菜的美好想法破灭了，可麦片自己完全不懂怎么种菜，只知道一个萝卜一个坑。麦片轻声问旁边站着的哈蕾：你会种菜吗？

哈蕾道：我会种水仙花。

麦片一想，这连土都省了，觉得哈蕾也帮不上忙，还是得靠自己。

麦片镇定了一下情绪，问学生：同学们，你们知道，农民伯伯最喜欢做什么吗？

同学们齐声回答：上访。

麦片在诱导：那么，在上访之余呢？

一个男生站起来回答：搓麻将。

麦片说：很好，可是，你们吃的东西是哪里来的呢？

男生继续回答：地里长出来的。

麦片觉得能引上正轨了，继续追问：那是怎么长出来的呢？

男生想了想，回答道：精子和卵子结合以后长出来的。

麦片暗自佩服这男生打通两门学科的本领，让他坐下后，由她觉得比较可靠的班长来回答。麦片问班长：农民伯伯种地，你看见过吗？

班长回答道：没有。

麦片问：那农民伯伯的地呢？

班长回答说：没了。

麦片出师不利，觉得这样的实践课，应该把学生拉到场地上去再说，在教室里扯淡半天也扯不出个结果。于是，麦片让同学们排着队到了操场上。到了操场后，一个男生大声叫道：哦，这就是精子出发的地方。

麦片不由想到了11号，觉得有点黯然。

与此同时，娄梯正在做紧张的调试。谁也不知道能不能爆炸，威力有多大。大麦让大家都爬上楼顶，仔细观察了一下地形，觉得操场后面比较好，离得不远的地方正是一座石山。把炸药放在石山的山脚，再用一块大石头压着，正好能展示它的最大威力。娄梯依照指示，到了山下把炸药放好，炸药装在一个书包里，填了很多教材固定住，娄梯背着书包，由洪中开着越野四轮摩托运输到了目的地。

大麦有点担心，问：这样距离的引爆，对那帮学生和哈蕾麦片有没有影响?

万和平说：没有影响。娄梯说了，这离开几百米呢，十个一起炸都没有影响。

大麦忧心忡忡地看着远处。

娄梯到了目的地后，爬了十来米山，发现一个一米深的自然岩洞，把书包放了进去，娄梯捣鼓了一会儿，把自己的炸弹开机了，炸弹开机后显示了一行字，中国移动感谢您的使用。然后他们两人就满山找石头，大的搬不动，两人就找了个小的填充了一下那个小洞，又往山下走了几步，准备离开。

大麦在楼顶上暗自嘀咕道：这个压石头似乎有点小啊。

万和平就在楼顶上大喊娄梯的名字，娄梯隐约听见，怔在原地，仔细倾听，但隔开的距离实在太远，完全不知道对方在说什么。

万和平说：我过去说说。

大麦说：行。

这时候，王智把自己的手机递交给了大麦。

大麦问：这是要做什么？

王智说：你自己跟娄梯说，跑这么远干吗呢，打他手机不就行了？我已经拨好了。

所有人的目光都汇聚在王智的身上。此刻的时间空间都仿佛是被大当量的核武器压缩过，空气不光凝固了，还往回反刍，就仿佛海啸前的海水倒抽。大麦转头要把手机抢过来，才说了一个“你——”字，只听见一声巨响，几百米前一堆烟雾，楼顶都仿佛震动了一下，在墙边学种蔬菜的学生们都站了起来。

万和平对王智说：你杀人了，你给炸弹打了个电话。

王智呆若木鸡。

大麦呼喊道：快去救人。

楼顶上一行人都向硝烟蹿起弥漫的方向冲去。大麦喊道：从围墙走，从操场围墙翻，那样比较快。快。

他们疾步穿过教学楼，跑过操场，踩过青菜，在学生们的注视下，从墙壁翻了出去。大麦始终跑在第一个。王智心理负担最重，好比负重长跑，跑在最后一个。几个人跑到了山脚下，发现娄梯和洪中都倒在地上。

大麦连忙把娄梯翻过身，用力摇了摇。

娄梯睁开眼睛，跳了起来，道：失败了。一开机就引爆了，肯定是短路没弄好，开机的时候就有火花了。威力怎么样？威力怎么样？看来不行啊，我都没死。

大麦说：你先别说话。

娄梯反摇了摇大麦，问：你说什么？你说什么？你说话了没。我没听见？

大麦转头对大家说：娄梯没事，就是听觉一时恢复不了。洪中怎么样了。

万和平扶着道：没死。

洪中搭着万和平的肩艰难地走了三步，责问娄梯：你这什么炸弹啊。

娄梯以为洪中在问自己的伤势，摆手道：我没事，我没事，我又失败了，我又失败了啊，我怎么又失败了？

洪中也不能听见娄梯在说什么，不由又凑过身去。

大麦见状，对大家说：好了，大家听着，谁也别说是王智打的电话，就说是中国移动的客服电话。

大家把娄梯和洪中扶回小学后，他们俩隐约可以听见点声音。麦片闻讯赶来，看望了一下又去教书了，只要出事的不是自己的男人或者猫狗，女人就能比男人更加冷酷。

虽然身体没有什么大碍，但娄梯的情绪一直很消沉。当然，如果让他知道是王智引爆了炸弹，在短时间里他肯定得冲上去不用引爆装置直接抱着王智然后摇晃自己配好的溶液爆炸。大麦的意思是这事肯定藏不住，但至少现在别告诉娄梯。

王智的女人，麦片，安抚了一下学生的情绪，继续回到了上课的内容。他们正在给青菜挖坑，好种下去。可没人知道这坑要挖多大。正在挖坑的重要阶段，老师麦片和哈蕾跑去看望伤员了。等她们回来，发现学生们挖的坑已经不是种青菜的了，而是青菜的墓穴。麦片很生气，道：你们种过青菜吗，你们这坑挖这么深，你们这是要活埋青菜吗，植物也是有生命的，它这样就死了。

班里的一个女同学吓得哭了起来。

麦片边走边巡视同学们挖的坑，基本一个比一个深，幸亏伤的是娄梯，如果伤的是王智，估计等麦片回来，学生们都已经挖到地下水了。

走着走着，麦片突然眼前一亮，发现了一个深浅合适的坑，正好可以把植物的根部种下，而且此坑规则美观，和刚才看的那些奇形怪状的坑形成鲜明对比。

麦片一下来了精神，把青菜放在坑里，再把旁边的土合上，说：看，这个坑才是标准的坑，这位同学在家里肯定有过种蔬菜的经验。以后这门课，这位同学就是课代表了，老师给他先加五分。哪位同学？站出来。

底下所有学生垂着小铲子默不作声。

麦片把班长叫出列，问：班长，你说，谁挖的？

班长说：体育老师挖的。

然后顺势一指。

麦片顺指看去，刘小力的两条腿的狗正在墙边单脚倒立着。

麦片疑惑地问道：你们体育老师在干吗？一只脚倒立着。

班长回答道：它在尿尿。

麦片没有继续搭理体育老师，自顾自要挖坑。她问同学们：同学们，你们觉得种什么蔬菜最好？

一个个子矮小的男学生说：大麻。

麦片大惊失色，说：谁告诉你种这个好的？

学生道：爸爸妈妈。

麦片教导道：大麻是不可以种的。我们只能种蔬菜。我们有青菜、大白菜、菠菜、油麦菜、花菜、心菜……

那位学生不屈不挠道：老师，我想要种榨菜。

麦片仔细一想，觉得这主意不错，如果种了榨菜，直接就着早上喝的粥，可以节省不少开支。

到上课结束的时候，学生们一共种了五十棵青菜。麦片说：好了，种了青菜以后，我们就要给它们养分，以后每个星期，同学们都要为自己种植的那些蔬菜施肥，到最后，看谁家的青菜最大，就是种植课的第一名。下课，下午是哲学课，由哈蕾老师来上。

麦片说完就搜寻自己身边，发现哈蕾早就不在了。

中午照例是运来了几十份盒饭。但洪中把饭运来后对大麦说，自己被人盯上了，因为订的饭一下量太多，估计是被曾丽梅的人给注意了，就怕用不了多久，就会有人来这里收管理费了。

大麦说：先别管。

然后自己一个人在学校里漫步。漫到了操场边，大声把麦片叫了过来，问：这角落里的是什么？

麦片看都没看一眼：是青菜。

大麦问道：这好像不是吧。

麦片调皮道：这就是我种植课上学生们的成果啊，一共五十棵。

大麦皱着眉头道：你的成果就是五十坨屎？

麦片凑近一看，发现果然是五十坨屎。不由吓得往后退了几步，但没忍住好奇心，又原路返回蹲下看了看，终于发现小青菜们都被压在了屎的下面。当然，这是通过观察比较小和稀的屎得来的结果，很多青菜都被完全盖严实了。麦片非常生气，把班长叫来，问：这是在干什么？

班长莫名其妙道：老师，我们在施肥。

大麦附着麦片的耳，说：这是你教他们的？有点营养过剩啊。

麦片被一激更加气愤，对班长说：你把同学们都叫过来，叫他们把自己的屎弄掉。把你自己脑门上扣一堆这么大的屎你乐意吗？还施肥呢，这叫己所不欲，勿施于人。在下午开课前，把这些东西都弄掉。

班长一溜烟跑了。

大麦看着麦片说：你还有一套啊。

麦片已然害羞，道：那改天你来听课啊。说完飞快跑掉。正在走着，娄梯在远处大唤大麦的名字。大麦上前去，娄梯说：大麦，你什么意思，我跟你那么久，你把话说清楚，你这么做为什么。

大麦觉得娄梯肯定是知道了王智致电他的炸弹的事情，便说：你别激动，我本来是明天告诉你，怕你太激动了。王智也不是故意的。

娄梯手一甩，道：你是不是想杀人灭口啊你，不是你说的话，他打我电话干吗啊，这人傻了吧唧，我跟他又不是哥们。

大麦问了自己更关心的问题，道：你是怎么知道的?

娄梯说：我查的中国移动的电话记录。在那个时间上，就是王智打的我电话。

大麦说：哦，的确是他打的。我当时没来得及阻止。他想告诉你，再搬一块大一点的石头。

娄梯气愤地质问道：再搬一块大一点的石头干吗？彻底灭了我？原来这石头不够大吗，不过话说回来，这石头的确是不够大，这就导致形成的弹体，它的杀伤力不够大，我趁着刚才的工夫，已经做了一个三倍于早上威力的炸药，而且我查出谁打的电话以后，觉得这样引爆没问题，我就拿了王智的手机又做了一个，现在也是熟门熟路了，我觉得，从明天起，可以连开一个星期的化学课，做的炸药肯定能把这三省交界炸成一个湖。我先给你看看这炸药的威力。我现在就去放到山里。

大麦笑道：成，那我和你一道去，让大家都一起去。

七人一起走到了山脚下，这次娄梯找的地方还是上次那个洞，已经被炸开了一点。大麦和大家一起搬了几块大石头扔进去，把洞几乎填平了。王智问：用水泥，把这洞糊住，这样不是更闷骚？

大家觉得这样好，而且也留够了空气。大家花了一个钟头把这个洞糊住以后，没顾上危险，站在边上仔细观赏。大麦突然问：王智，有没有人会打你电话？

王智说：不知道，说不定麦片找不到我就会给我电话。

大家听后，没顾上讨论，直接就跑。跑到了楼顶，众人喘一口气，道：现在安全了，可以了吧？

大麦说：可以了。

洪中从楼下拉了一根线过来，说：你可以广播，让同学们待在教室里。大麦道：你广播吧，让他们留在空地上就行了。别靠近窗户。

一切就绪以后，大家心跳加速。大麦问娄梯：可以了？

娄梯说：可以了。

大麦把手机交给娄梯道：你自己的心血，你自己亲手来引爆。

娄梯微微激动，手颤着接过了大麦的手机。电话号码没到第五位就错了两次。大麦笑着帮娄梯把号码输入好，把手机交给娄梯道：你按拨号键，就行了。

娄梯眼角泛起泪光，拿起手机，高高举起，太阳的光芒都被自己的手所遮盖，他对着自己作品的方向，郑重地按下了绿色的拨号键。

按完后，娄梯嘴角抽笑了一下。这些人都把目光聚到山上。虽然除了大麦，他们基本都不知道做这么多炸药派什么用处。但是，只要不波及自己，男人总是对威力充满向往。此刻这些人都隐约觉得自己充满了威力，在三秒后。

所谓等待的时光总是过得特别漫长，这些人似乎豪气等待了半分钟，可没见山上有什么动静，莫非是已经内爆了，只是威力太小没能被肉眼看出来，但是怎么都得有声音啊。

或许是接通一个电话就要这么长时间，因为自己心急，所以显得时间漫长。没人提出质疑，都觉得应该多等一会，多给炸药一点时间，多给一点机会。

此时，大麦问：什么声音，你的电话？怎么是一个女人在说话，我是不是打错号码了？你听听。

娄梯拿起手机，放在耳边，发现反了，马上正了回来，对着电话喂了几声，凝听里面的声音。

娄梯转告道：电话里说，您所呼叫的用户不在服务区。请稍后再拨。

万和平急得把电话夺过去，问：怎么回事？重拨一次。

大麦挥手说：别拨了，我知道怎么回事了，没信号。

大家沉默了几秒醒悟过来，娄梯责问：是哪个傻逼说要用水泥封起来的？

大家都看向王智。万和平拍着王智的肩膀道：王智，你真是爆破克星啊。

王智没说话，憋了半天道：这样，我去把水泥掀了，不行我就把水泥上面的石头刨掉点，你们别去了，就我去就行，别拦着我。

王智说完发现果真没人拦着他，捋起袖子要走。

大麦道：算了，我以前打过你几次电话，你开通了一个服务，就是没接通的电话都会通过短信发送过去，如果你挖到一半有了信号，你都来不及走。太危险了，算了算了，罢了。娄梯，你有没有什么办法能销毁这炸弹？

娄梯说：有，挖出来就行。

大麦叹气道：算了，那就当浪费了。

娄梯道：或者等个几天半个月的，等没电了，就行。

王智安慰大家道：中国移动的信号有时好有时坏的，毕竟不是卫星电话，一定需要看到天才行，手机信号是可以穿过一定程度的混凝土的。说不定什么时候信号强了，这炸药就炸了。

大麦揶揄道：哦，随机爆炸。

王智说：对，对对。

下午就是哈蕾的哲学课，哈蕾显得非常紧张。当然，以哈蕾现在的正常状态，真正是一个太不折不扣的哲学家了。大麦怕她紧张，在旁边陪同。哈蕾不负众望，果然很紧张。一上讲台就没能说出话来。哈蕾望着底下的同学，说不出话来，大麦怕哈蕾紧张，自己先走开了。哈蕾翻开书又合上书，反复多次，学生们都在下面疑惑地看着，有的按捺不住，说：还是麦片老师能说话。

哈蕾听见这话，眼中露出凶邪的光，盯着教室的最后面看了半天后，从牙齿缝里挤出两个字道：你们——

突然间，周围像瞬间被抽成了真空，隔断了声音，平静了几个毫秒以后，将原本这些成倍交还给大地。办公室剧烈地抖动了一下，有一声仿佛来自湖底的闷响爆开，一丝强光明显从远处漏了出来，横着刺透了大地，然后只看见远处的山头颤了一下——

中国移动有信号了。

所有的人都回头看着那座突兀高耸的石山，那山震颤一下后恢复了平静。突然，最上面的大石头开始往下掉，接着从起爆点开始，山扭动了一下，然后又恢复了平静。

娄梯飞蹦出小楼，在操场上兴奋道：爆了，爆了。

大麦笑笑，说：不错。山都震了一下。

娄梯哈哈大笑。突然间，大地又震动了一下，山上的石头加倍开始往下滚。山腰就像被刀拦腰切削了一般，猛地一沉，整座大山开始崩塌。

娄梯收住了笑，观看着天象奇观。

所有的学生都痴痴地看着窗外，天空一下被巨大的灰尘遮蔽。白昼变成黑夜。山脚下的电线被全部摧毁，洪中做的备用的供电系统把操场微微点亮，所有的学生回过神来飞快地奔到了操场，大家基本上全部都齐聚在空地上了。突然间，有人听见操场外山脚下传来凄厉的狗叫，班长大声喝道：体育老师，体育老师在外面。正说着，有另外一只狗的叫声也在响起。麦片大叫道：操，它在交配。

很快，山石的轰隆声把在学校外面的狗叫声掩盖了。放眼望去，一切都是灰蒙蒙的，连青菜也早已经被埋没在了山灰里。早知如此，还不如上次直接把它们入土为安。

山体变形挤压得小石块四散迸裂，远远地向操场飞来。大麦喊道：去我的那间木头房子。大家弓着腰在呛人的烟灰中到了1号木屋，大麦喊道：还缺谁，还缺谁？

麦片大声叫道：哈蕾。

麦片转身问学生：人呢？

班长道：不知道，我们先冲了出来，老师还在教室里看窗。

大麦一着急，要往外冲，走了一步又折了回来，进了里屋，推开床，直接冲进了地下。学生们看得目瞪口呆。

大麦出来的出口是教学楼的楼梯间，他一脚把门踹开冲上楼，到了教室里发现人不在，又沿着走廊找了一遍，此时整个楼都在震动，墙壁上挂的名人画像都纷纷往地上掉，大麦踩着名人的肩膀冲下了楼，此时的操场已经什么都看不见了，连呼吸都觉得困难。大麦眯着眼冲回了楼梯间，跑回了地下，冲上木屋的时候发现外层的木头已经被打烂了，连忙招呼道：你们赶紧下来。

这时候，最大的震动传来，旁边二号木屋已经完全崩塌，透过木屋残骸，大家惊异地发现，整座山都在朝着学校方向滑坡，就像世上最缓慢而大力的波浪一般，最前面的一层刀切豆腐一样把围墙整个儿吞噬。从高处落下的时候击打在1号木屋的顶上，不断有木头往下掉，木头掉落的地方，露出了大片反射着室内诡异的灯火的玻璃状物质，那些透明体之上，还铺盖着很薄的一层木头，但都被飞来的石块打得七零八落。

大麦吼道：赶紧下来。

一行人到了地下。地下的灯适时亮起。没顾得上仔细看机构，大家跌跌撞撞走到了一间稍大的房间。这地道挖的要比越南共产党挖的宽大多了，看着不像是一天两天挖出来的，还没来得及问，房间里的灯都亮了起来。亮起灯后，大家才发现这些都是新土，还没来得及用水泥固定。一条蚯蚓从上面泥土里好奇地探出头来。

大麦对洪中说道：把监视和通风打开吧。洪中蹲在一堆杂乱的工具里连接了半天，四台巨小的淘汰彩电里传来了四个方向的视频。

麦片问：这是哪？这什么时候挖的，我怎么不知道。

洪中没回头甩下一句说：你自己看。

麦片仔细看着视频，发现这是学校最中心的至高点，而且四个方向覆盖了四面。在宽大广角的下方，一面国旗正在迎石飘扬。在最右边可以看见，因为距离比较远，山体崩塌到了教学楼以后就停止了，教学楼则歪斜在一边。

麦片自言自语道：是旗杆。

一个学生插嘴道：是黑白的电视机。

洪中生气纠正道：是彩色的。

巨大的灰已经掩盖住外面世界的颜色。在地下还能听见石头敲打房顶的声音。大麦在房间里忐忑不安。突然大麦起身，走到了地道另外一头。万和平道：在视频里找找，他去找哈蕾了，我们去两个人帮忙，剩下的在监视器里找找。那个谁，王智，你以前不是想当导演吗，正好现在给你看监视器。娄梯和我走。

正说着，万和平突然觉得监视器里的物体开始移动了起来，定下来一看，三个角度是向着地面急剧下坠的，另外一个角度则是天空，被国旗包裹着离开蓝天渐远。终于一片黑屏。万和平对王智说：不好意思，杀青了。那就跟我们走吧。

这三人来到楼梯房，他们分三个方向找去。操场上的山石灰有江南雪那么深，如果此刻下场雨搅拌一下，直接就成水泥地了。教学楼的房子已经明显歪斜，万和平大喊一声：小心，楼梯没了。

这一声吓了娄梯自己一跳。他抬头一看，阶梯已经被震断层了。

这时顶上穿来大麦的声音：娄梯他怎么了？

万和平接口道：没事。找到哈蕾没。

大麦的回答迟了几秒——没。

这四人聚集到了已经倾斜的楼顶，看着四个角度，神情黯淡。

而麦片带领着学生们从地下走了出来，发现原来一号木屋已经被石头彻底脱了木头外套，光了，而山灰也快速沉淀下来，阳光开始刺进来，麦片揉了揉眼睛一看，至少有一分米厚的玻璃和钢架构成了这座房子的主体。麦片看着自己和王智的坍塌得只有几厘米高的房子，愤愤地嘀咕了一句：妈的，原来给自己搭了一个阳光房啊。

石山道：你说什么呢，12毫米以上口径的反器材武器都穿不透这个。说着得意地拍了拍自己的宝贝房子。

麦片才往前走了一步，就看见了倒下的旗杆。班级里的升旗手见状哭了起来。麦片安慰道：没事，你又不是解放军战士，咱再做一个就行了。

虽然不见了哈蕾，但娄梯却始终处在亢奋的状态。他觉得可能是自己的位置放得好，造成了效果比C4炸药还夸张的局面。当石头向他砸来的时候，他丝毫不恐惧，真是被自己炸死，做鬼也风流。

一切回归平静后，只有一张宣纸在空中飞扬。正好飞到了楼顶，大麦一把把宣纸抓住，展开一看，是在王智屋里的诗：

芳草万顷碧连天

千里姻缘一线牵

大麦看一眼后又把宣纸扔回了空中，嘴里念叨着：这是谁写的对联。

大麦转头看了看在自己身后大地上的学生们，又回过身看着脚下的一片废墟，一时不知所措。沉默半天，他对着巨石堆大喊哈蕾的名字。此刻他多么希望在石头埋葬之处，突然闪现金色光芒，而哈蕾唱着歌缓缓升起。那她就成雅典娜了。

而事实上，她只是一个到处乱跑的神志不清者。学校的喇叭不知何故，响起了音乐。只是此刻没有神经病的哀曲，精神病的颂歌都显得没那么好听了。刘小力也显得伤心不已，他终于没忍住，对着天用哭嗓大喊一声：狗——

突然远方传来了呜呜声，刘小力的两条腿的狗艰难地向人群爬来，大家定睛一看，他们的体育老师的另外一条腿也被石头压坏了，现在只剩下一条腿了，它拖着自己的坏腿在地上匍匐过来。刘小力冲了过去，一把搂住自己的狗放声大哭。

麦片感叹道：这可怜的狗，以前人家以为是鸡，这下变成鹤了。

一个学生问道：老师，那如果体育老师一条腿都没有了，它变成了什么呢?

麦片想了一想道：那就只能放在水里假装鸭子了。

学生欢快道：那就能教我们游泳了。

班长带着同学们跑向了操场的一角，看见自己种的青菜都快成了铁树，着急地拔了出来，拿到厕所里用水把青菜冲回了原形，然后高兴地奔回去，种回了坑里。很快，这片地成为整个视线范围里唯一有绿色的地方。大麦一直注视着从山上滚落的石头，遗憾以后闻到鲜美血腥的时候，再没有天籁的声音助兴。而绚丽的残杀还没有开始，唯一正常的人却已经不知生死。

图书在版编目（CIP）数据

光荣日.第一季/韩寒著. —沈阳：万卷出版公司，2009.3（2011.8重印）
ISBN 978-7-80759-622-6

Ⅰ.光… Ⅱ.韩… Ⅲ.长篇小说—中国—当代 Ⅳ.I247.5

中国版本图书馆CIP数据核字（2009）第038164号

出版发行：万卷出版公司
（地址：沈阳市和平区十一纬路29号 邮编：110003）
印 刷 者：北京中科印刷有限公司
经 销 者：全国新华书店
幅面尺寸：145mm×210mm
字　　数：108千字
印　　张：6.5
出版时间：2009年3月第1版
印刷时间：2011年8月第11次印刷
责任编辑：杨春光
特约编辑：刘 莉
装帧设计：MiMZii
插图绘画：余一梅
ISBN 978-7-80759-622-6
定　　价：23.00元

联系电话：024-23284090
邮购热线：024-23284050 23284627
传　　真：024-23284448
E-mail：vpc_tougao@163.com
网　　址：http://www.chinavpc.com